ごはんのことばかり100話とちょっと

よしもとばなな

朝日新聞出版

料理レシピ　鈴木朋子／ハルノ宵子
撮　　影　小林洋治
スタイリング　林めぐみ（パケットコーポレーション）
撮影協力　フキラウカフェ
装　　幀　坂川栄治＋田中久子（坂川事務所）
＊食器は作者の私物です。

ごはんのことばかり100話とちょっと

―

夕方、急に雨が降り出した。

二歳半の息子といっしょにともだちのポルシェに乗せてもらっているあいだに、みるみるうちに空に暗い雲がぐんぐん広がっていくのを見ていた。

チビは初めて乗るポルシェにおおはしゃぎしていたが、ともだちが車の天井を開けてオープンカーにしてくれたらただ静かに「オープンブーブーだ……」とつぶやいていた。ほんとうにびっくりしたりうれしかったりすると、人は騒ぐよりもつぶやくのだなと思った。顔に大粒の雨が落ちてきても全然気にせずに彼はオープンカーに乗ることを楽しんでいた。

その日は午前中に韓国の知人から、考えられない量のキムチと韓国海苔が届いていた。

普段は人の相談に乗る大変なお仕事をしている人だが、電話の声は韓国の普通の「オンマー」の声だった。

「少しすっぱくなったらね、スープを作るといいよ、豆腐だけ入れてね！」

豆腐がなかったので、中華だしに白菜キムチとにんじんと韓国海苔を入れてちょっと煮込んだスープを作った。

韓国海苔のおかげでごま油の香りもついて、少し辛いので食べるとたくさん汗が出た。体がすっきりするような汗だった。

それから、いただきもののかつおのたたきにしそとにんにくとみょうがときゅうりを添えて、塩だれをかけた。

海ぶどうはごま油とナンプラーと酢とゆずこしょうのドレッシング（枝元なほみさんのレシピです）で食べた。海ぶどうはドレッシングにつけておくとすぐ浸透圧で小さくなってしまうので、つけながら食べなくてはいけないことを、沖縄で学んだ。

前述のキムチスープを温め、そして戻したセンレック（タイの幅広米麺）とトマトとパッタイペーストとにんにくで作ったなんとなくイタリアっぽいパッタイがメイン。チビは海ぶどうとパッタイをずいぶん食べた。きっとどちらも生まれて初めての味だっただろうと思う。

食後には、お中元でいただいたマスカットを食べた。

まだ自分で上手にむけないチビは、いっしょにごはんを食べていたともだちがこつこつとむいてくれたのをにこにこして食べていた。

ちょっとぶどうをむいてくれること、ちょっと車に乗せてくれること。

周りの人たちのこういう小さい愛情にはぐくまれて、誰もが育ってきたのだろう。

一生のうちで今ほど家でごはんを作ることはないだろうと思う。

育児中のごはんは家族のごはんである。家族をひとつに結ぶひものようなものだと思う。なんでもいいのである。楽しくて、家で食べることができれば。子どもが外食を喜ぶようになるまでには、まだ間がある感じだ。

2

元同級生の、この本にもたくさん力を貸してくれたともちゃんは近所に住んでいる。

昔からお料理がうまく、センスがよく、プロのフードコーディネーターになるにふさわしい人だった。

大学のときともちゃんの下宿で、私は生まれてはじめてタイのグリーンカレーをごちそうになった。たった二十分で、なすの切り方も完璧に、彼女はカレーを作った。知らないおいしさだった。ペーストを使ったとはいえ、すばやさは抜群、その上いろいろ小さな工夫がある味だった。それ以来、少しもブレず、お料理の街道をまっしぐらに走っているともちゃんだ。

さて、道でばったり会った私に、ともちゃんはカルディコーヒーファームの「ロイヤルナッツ」を突然に強くすすめてくれた。それは小魚とスパイスとナッツがミックスされたタイ風のおつまみのようなものなのだそうだ。

たまにしか売ってないので、売っていると買いだめするそうだ。

そういえば、ともちゃんは昔、大学の時にいつでもじゃことピーナッツがちょっと甘くローストされてミックスされたものをぽりぽりと食べていて、若者のおやつにしてはとても珍しいと思った。その伝統（？）が今も彼女の中で生きているのだと思い、なんとなく嬉しかった。

ともだちに道でちょっと会って、立ち話しながら近所のおいしいものの話をするっていうのは、この世の幸せの中でもかなり上位に入るだろうと思う。約束はしない、あらたまって会うこともめったにない。でも、しょっちゅう会える。またね、と別れてまたすぐにばったり会う。電車も車もなかった時代は、ともだちとはみんなこういうものだったのだろうなあと思う。知っている人にしか会わないし、だからこそ、知っている人を大事にしたんじゃないかと思う。

ある午後「例のものが売ってた、七個買った」というメールが来たが、さすがナッツと小魚の女王、いくらなんでも七個は買いすぎではないだろうか、と思いながら私も四個買ってしまった。ほんとうにタイの味としか言いようがなくてとてもおいしい。タイのライムが入っているからか、辛いからか、とにかく開けたとたんにタイの雰囲気がそのままよみがえってくるし、ビールがすすむすばらしい味だった。

辛がりながらも子どももぽりぽり食べていた。

他にもともちゃんは「カルディで売っている『昆布屋の塩』とタマゴだけで作るチャーハン」というのも伝授してくれたが、これもおいしかった。

塩のつぶつぶが舌に触るときにふっと後をひく味になるのがポイントで、ともちゃんの言うには、欲張ってネギなど入れるといきなりだめになる。あくまで入れるのはそのふたつだけでないとだめだそうだ。

さすが料理のプロだけあって、ちゃんと実験しているし、なによりも引き算ができるのがすばらしい。料理のプロに会うといつも思うが、みな、とにかく減らし方が上手なのだ。ごてごてと増やしていくのはどの世界でも素人の考えなんだなあ。

うちではその塩を使って、ゴーヤとにんじんとキムチと鶏挽肉でビビンバを作った。たきたてのごはんにごま油をちょっとかけて、具をのせて、混ぜて食べるだけ。

にんじんは炒め、ゴーヤはゆがいて、どっちもごま油と塩と鶏だしの粉で和《あ》えた。肉はしょうゆ味のそぼろにした。キムチと共にごはんに盛りつけて最後にごまと韓国海苔と糸とうがらしをかけた。そしてとにかくぐちゃぐちゃに混ぜてスッカラの代わりに大きなスプーンで食べる。

さっぱりして夏っぽい味だった。

チビはさすがにこの辛い味をまだ食べられないので、子どもバージョンの辛みなし混ぜごはんだった。いつかいっしょに暑い夏にこれを食べたいな。

3

新潟のお宿「ゆめや」さんからすばらしい枝豆ときゅうりとお肉が送られてきた。

その生き生きとした食材を見たらゆめやさんに行きたい気持ちがつのってきた。あのお宿の完璧な炊き具合のごはんだとか、朝の干物のふっくらした感触だとか、全てが恋しい。そんなことを考えているうちに、しだいにひのきのお風呂とか清潔な廊下とか若おかみさんの笑顔も思い出されてきた。いろいろな季節にいろいろな人たちと行ったすばらしい思い出も。

妊娠九ヶ月のとき、出産前最後の温泉だとはりきって行こうとしていたら、朝急に三十九度の熱が出てしまった。赤ちゃんにかける負担のことを思い半泣きで断念して、ゆめやさんに電話した。「キャンセル料お支払いします」と言ったら、「いいですよ、それよりも無事にご出産してまたいらしてくださるのを待ってます」と若おかみさんがおっしゃった。

そこは十歳以下の子どもはお断りの宿なので当分行けないと残念に思っていたのだが、もうすぐ離れができて、そこなら子どもも大丈夫という話も聞いた。

離れができるのが先か、子どもが育つのが先か……。

枝豆（真空パックで袋をあけたらもう完璧なゆで具合と塩加減のお豆がすぐに食べられるようになっている）と、きゅうりを冷やして、家族みんなで食べる。新鮮でおいしかった。採れたてのきゅうりの青臭いあくのある感じも嬉しい。

朝採れた新潟の味が夕方には東京で味わえる時代になっているけれど、やっぱり足を運んで、温泉に入って、はらぺこになって食べたいなとゆめやさんを夢見た。

4

酸っぱいものしか食べられないようなじめじめのお天気だったので、トムカーガイもどきを作った。

桜エビと、鶏のささみで上品にだしをとり、レモングラス、カー、こぶみかんの葉、ちょっとだけピキヌーを入れ（それでもけっこう辛い）、ライムとレモンをしぼり、トマトをいっぱい入れた。そしてもちろんココナッツミルクだ。もやしも入れてみた。

おみそ汁と酸っぱいスープの中間くらいの味になった。味もほんものよりもずっとマイルドに仕上がった。

そしてチビを呼び寄せて、ためしにちょっと飲ませてみたら「まじゅ〜い」と言っていた。ちょっと大人の味すぎたか。でも鶏肉だけはぱくぱく食べて、もやしもつまんでいた。こうやってちょっとずつ、外国の味が自然に彼にしみこむといいと思う。なんでも食べていれば、どこの国でも暮らしていけるだろうと思う。

いろんな味を知って、いろいろ比べて、うんと広い味覚になってほしい。そしてお母さんの料理も、「へたくそだけどあれはあれでよかったな」と将来思ってほしい。

5

台湾料理は中華料理と基本的にほとんど変わらないのだが、なんとなく自由であったかい感じがする。中国本土に行ったことがないからそう思うのかもしれないけれど。

台湾の田舎料理や、客家《ハッカ》料理（漢民族から分かれていったひとつの部族の地方料理）は、中華料理屋さんで食べるよりもなんとなく日本の昔の味に似ている気がするのは、少し湿度のある気候のせいだろうか。台湾に日本人がたくさん住んでいたからだろうか。たとえあまりすてきな歴史的事情ではなくても、日本人がいたことで、文化が少し混ざったのだろうか。料理を教えあう平和な場面もあったのではないだろうか。

ともだちの陽子ちゃんと半端な時間に用事が終わり、ちょっとだけ食べていこうか、ということになりいつも行く台湾料理の店に入った。水餃子と、鶏の唐揚げと、坦々ビーフンと、空芯菜の炒めを頼んだ。みんなおいしかったし、自分で辛さを調整できるのもいい。豆板醤《トウバンジャン》をそれぞれに自分の好きなだけつけて食べた。水餃子の皮はぷりぷりしていた。

最後に愛玉子《オーギョーチー》を食べた。黄色くてぷりぷりのゼリーのようなもので、いつ食べても懐かしい。私の母の出身地の近くに愛玉子の店があったので、なぜかこの変わった名前のデザートを私は小さい頃から知っていた。これが台湾にしかない植物からできたものだということを知ったのは大人になってからだ。日本よりもちょっと南にある台湾ではたくさんの南国フルーツや珍しい植物がある。

なにもかもが死ぬほどおいしいっていうわけではないけれど、はずれも絶対ない、それが台湾での毎日の食事だった。台湾に行って、飽きることなく食べた味とそのお店の味はそっくりだった。よほど特殊なお店に行かない限りは、なんとなく似た味。新鮮な野菜と肉のいろいろな部位を細かく切って、さっと炒めた感じ。

いつでもそういうものを、そのへんでおいしくさっと食べることができる国だった。

そうすると考え方も豊かになって、とげとげしさもなくなる気がする。安くてもそうやって人の手がかかったものをちゃんとおいしく食べられたら、お金がなくてもそんなにいじけた気持ちにならないかもしれない。

おじさんもおばさんも気さくだし、余ったのを持って帰ることも大歓迎だし、昔の日本みたいだな、と思った。お店の中にも若い人も年寄りもおじさんもおばさんもいるのがいいと思う。

最近「持って帰りたいのですが」と言うと、よく断られるので、悲しいのだ。

なにかあったときの責任問題が重い昨今、食中毒になっても、責任は取れないからいっそなしにしておこうっていうことなのだろう。

前、京都から来たともだちがチョコレートブラウニーを「少し残ったので持って行っていいですか?アルミホイルください」ととある喫茶店で言ったら、「当店はお持ち帰りを一切認めていません」ときつく言われ、ともだちも「見て見ぬふりでもだめ?」と聞いてみたり、「京都から来たんです、もう来れないかも」と言ってみたり、「生ものじゃないし、すぐ食べますから」と懇願したりしたのだが、お店の人は暗く重い顔で首を振っていた。いくらなんでも融通がきかなすぎない？と言いあいながらなんだか淋しい気持ちで店を後にしたのだが、案の定、翌年そこはなくなっていた。

すごく古くさくて、チャイとカレーがおいしいインド風の有名な店だったんだけれど、やっぱり……楽しく働いてなかったからやめちゃったのだろうか。なんだかそんな気がする。

それとは違う話だが、魚柄仁之助さんが「チェーン店をやたらに増やしているところは計画倒産の可能性もある」と書いていらして、初めてそういうことをする可能性について知った。そんなこと考えたこともなかった。

土地を住むところとしてではなく、投資の対象とだけ考えるのと同じくらい、なじめない考え方だと思った。

食は「自分の食べてるうまいものを食べてほしい、しかもそれが商売になったら幸せ」からみんなスタートするのだと思っていたので、悲しかった。

計画倒産するまでのあいだ、雇われて毎日働く人たちやそこに運ばれる設備や食材のことなど考えると、空しくて気が遠くなる。

私がうぶすぎるのかもしれないけれど、事業としてのお店ではないお店がたくさんあったほうが、世の中が豊かになると思う。日常としてのお店、またはもてなしとしてのお店のほうが好きだ。お店の人の日常の中に自分が入っていくほうが好きだ。

ほんとうは人ってだれでもそうなんじゃないだろうか。

わざとつぶすためにお店をやるって、お金を神様と思えばできる発想だけれど、もしもお仕事というものを神様に恥じないことをするためにやる、と思っていたら、できない発想だと思う。

6

ずっとお世話になっている焼き肉屋さんに、事務所のみんなとともだち一名と編集の人一名と家族で行って、いろいろなものを頼んで、しゃべって、笑って、休んで、また飲んで食べて……長い時間を過ごした。

別にお店でわがままを言いたいわけではないんだけれど、「許されている」という感じはありがたいと思う。

常連でお金をたくさん落としているからだけではなく、長年の絆で許されているので、心からくつろいで食べたり笑ったりすることができる。外食というと気取った気持ちにならなくてはいけない場合ももちろんあるし、それも大切な要素だが、「みんなでお店の人の元気な顔を見に行く」が基本だと、いちばん楽しい。

そのお店では骨付きのラムに塩こしょうしたものを自分でじっくり焼くことができる。ラム肉はほんとうにやわらかく、フレンチの店で食べるくらいの質なので、焼きすぎないように気をつけなくてはいけない。ものすごくぜいたくな感じなのだ。

青唐辛子のしょうゆ漬けを私の事務所の加藤さんがごくふつうにぽりぽりぽりと音をたてて食べていたので、びっくりした。私だったら一ミリ食べてはビールを飲んでしまうような辛さ。でも韓国の人たちは、みんな加藤さんよりももっともっとたくさん青唐辛子を食べているのだろう。

その青唐辛子が入ったとんでもなく辛い餃子が入ったスープも、夏はさっぱりするし、冬は体が温まるし、どんな季節にもよく合うのだ。

「案外まだ低いんだ！百センチ行ってないね」という声が聞こえてきたのでそっちを見たら、お店の人たちがうちの子どもの身長を柱に貼った身長計ではかって、名前と日付を書いてマジックでしるしをつけてくれていた。

残るものなので、なんだか嬉しかった。この店に来るいろんな子たちの名前や身長といっしょに刻まれたそのことが。

うちの子をまるで親戚みたいに扱ってくれたことが。

そういえば、子どもが産まれてはじめてお店に行ったとき、おじさんもおばさんもまるで身内みたいに喜んでただひたすらにこにこしてくれたなあ、とかおっぱいを飲ませながらわかめスープ（産後にいいそうです、お祝いに特別に作ってくれました）を飲んだなあ、とかいろいろなことが思い出される。

愛犬が死にかけていたときも、家からいちばん近いこのお店に来た。

朝からずっとつきっきりでいてなにも食べられなくて、おなかぺこぺこになって一時間だけそのお店に行って、あつあつのクッパを食べた。帰ったらまだあの子は待っている。でも、時間の問題だってわかっている。下を向くと涙が出そうだった。お店の人は事情を知っていてさっとごはんを出してくれたし、その一時間を愛犬はがんばって待ってくれた。

さあ、今夜も看病だ、今夜ももってくれるといいけれど、と思いながら、いつも愛犬のそばでしていたのと同じように靴下をたたんでいた。向こうの部屋ではチビとパパがしゃべる家族の音がしていた。なにかを予感した姉から「ラブちゃんとしゃべらせて」と電話がかかってきて、私は愛犬の耳に受話器をあてた。姉は「また必ず会おうね」と言った。愛犬は安心して、旅立つことにしたのだろう。それからすぐに息をひきとった。愛犬の最後の瞬間はそんな幸せなものだった。

あのとき大急ぎで食べたクッパの味は、このこと全てにまつわる愛の思い出の味になった。

7

お手伝いさんとはその概念だけでも切ないものだ。

ずっとはいっしょにいられないということがなんとなくわかっているからだ。しかも、お友だちと違って日常を共にするし、別れも自分たちではあまり決められない。

私の実家はお手伝いさんを雇う余裕がなかったし、うちの家族は他人が家にはいるのを好まなかったので、私はお手伝いさんに育てられてはいない。姉が私の面倒をそうとう見てくれたので必要がなかったのだと思う。

今は実家の両親も年老いていて体も不自由になり、姉が両親の介護にあたっているので、子どもを育てながら家事を全部やり仕事もすることはとてもできない私は、いろいろな人にちょっとずつ手伝ってもらっている。

自分は現場監督で、家はいつでも人がどたばたと出入りして作業している工事現場のような感じだ。未だにそれに慣れることはないし、もちろん創作にとってはあまりいい環境とは言えない。

でも、人生全体という観点で考えれば、こういう時期もあっていいと思うし、こんなに意味もなくにぎやかなのは子どもが小さい時期だけのことだろうと思うので、いいと思っている。

とんでもないお手伝いさんも中にはもちろんいたが、すばらしい人もたくさんいた。

お互い人間同士なので、まずそこをはずしたらなにもなりたたない。人間をただ機械のように時給と仕事のわくにはめこんでしまったら、それだけでお互いに不満が出る。自分だったら、どういう条件なら耐えられるか、を常に念頭に置いていないと、家事は本気で手伝ってもらえない。その上で、慣れても手抜きをしない、いつまでも慣れ合わないで仕事という意識があるという条件をクリアして、やっと気を許せる。

だから、やっぱりむつかしい、長期間はありえないシステムだとは思う。

もしもうまくいけば、お手伝いさんは時にはお母さんのように頼もしく、時には同じ村の知り合いのような感じで、楽しい時を共有できることがある。

もちろんそれも、いっしょにいる短い時間の中の花火のような、ほんの一瞬のきらめきなのだが、心に残る思い出ができる。

このあいだ、私が猫を病院に連れて行こうとして逃げられ、机の下に逃げ込まれてどうしようもなくなっていたとき、お手伝いさんのMさんが見るに見かねて部屋に入ってきてくれた。

ふたりで網を持って、そっとそっと猫の下に入れて追い出し、一人が手袋を持って待機してつかまえよう、ということになり、猫の心身を傷つけないようにそっと猫の下に網を入れたのだが、なんと猫の体重が予想よりも重すぎてびくともしなかった。猫は網のはじっこを体の下に入れたまま、まったりと机の下に隠れている。

ひっかかれるかもという緊張がほどけ、ふたりは顔を見合わせてげらげら笑った。

「こんなに出てこないんじゃあ、もう、せめて笑いもなくっちゃね」

とMさんは言った。Mさんはブラジル生活が長いさばさばした人で、愛犬が死にかけているときにはじめてうちに来た。それでその状況を見て、ああ、この犬はもう助からないというのがわかって、

「人生にはいろんなときがありますよ、つらいときもあります」

と言ってくれた。

いっぺんで状況を把握してくれたのが嬉しかった。玄関を出るときはいつでも「ラブちゃん、お大事に」と言ってくれた。

フィリピン人のEさんにはたまにごはんを作ってもらう。他に頼むことが多すぎるからめったにお願いしないけれど、せっかくだからフィリピンの料理を作って、と頼んで、いろいろな知らない味を教えてもらった。

アドボ（酢とローリエとしょうゆで肉を煮込んだもの）とかカレカレ（ピーナッツバターのソースで肉や野菜を煮込んだもの）とか、しょうがの入った鶏粥《とりがゆ》とか、タマゴといっしょに平たく焼いたなすだとか、パスタをクリーム味で野菜といっしょに煮込んだものだとか。

お母さんの味なので、どれもとてもおいしかった。フィリピンに行ってレストランで食べるよりもきっとおいしいと思う。Eさんが自分のお子さんたちをそれで育ててきた、家庭の味なのだ。

うちのチビがフィリピンにいつか行くことがあって、レストランでこの料理が出てきたら、きっと言いようがないくらい懐かしく思うだろう。どこかで食べた気がする、と思うだろう。

その気持ちは彼の人生にとって、とても豊かな広がりになると思う。

8

ちょうどごはんどきに、みんな（三人以上）そろって観たいTVがある、そんな夜にはテーブルに向かってきちんとごはんなんて食べていられない。CMなどのタイミングでさっと食べたりできるといちばん幸せだ。

そう思って、残りごはんで二種類のおにぎりを作る。バジルとチーズのおにぎりと、梅おかかしょうゆと韓国のりのおにぎり。

あとはなすと大根のおみそ汁と、卵焼きだけ。

それでTVを観ながら、好きなときにテーブルに来て、それぞれがぱっと食べた。ピクニックのようで楽しかった。こういうてきとうなごはんは大人になってもいちばん楽しい。

いつもいつもこうだと味気ないかもしれないけれど、子どもというのは、きちんと長いあいだ座っていられないから、すぐ食べられるものが好きなのだと思う。もちろん私が小さいときもそう思っていた。みんなどうしてこんなに長く座っておしゃべりしていられるのだろう？と。

父が夜中に「永谷園のお好み焼きの素」というもので作る「素《す》」お好み焼きは、肉とかキャベツとか、とても大切なはずの材料がなにも入ってないので全然おいしくないけれど、夜中だというだけでおいしく感じたたし、楽しかった。

たまねぎとソースだけのピラフっていうのも、忘れられない。「おとうさんが作ったものを夜中に食べる」だけでなんでもキャンプのような気がした。

チビは「ごはん、ごはん」と言いながら、おにぎりの角だけ食べていた。

チーズは食べてからはき出して、犬に落としてあげていた。なんて便利なシステムだろう……下にいつも犬が待っていて、なにをあげてもぱくぱく食べるのだ。ただし、この結託の様子には充分気をつけないと、犬がすぐ豚になってしまう。

そんなことしちゃだめ、と怒りたいところだけれど、今日はキャンプだからまあ許してあげようかな、と思った。私だって、エプロンでごしごしごはんつぶのついた手を拭いているし、おみそ汁だってマグカップに入れてるし、卵焼きは手で食べてるし！

それがキャンプというものなのだ。

9

よく東京のスーパーで「大地のめぐみがどうしたこうした」「自然のおくりものなんだ

かんだ」というキャッチコピーがつけられて売られている商品があるけれど、そういうことから人がなにを受け取りたいと思っているのか、そのほんとうの意味が田舎に行くとよくわかる。どんなすてきな名前をつけても決して東京で得られないものの勢いみたいなものだけでも、欲しいと思うのだろう。

田舎の不便さとか、閉塞感とか、そうしたものをたったひとつおぎなうのは自然のすばらしさなのだなあと思うのだ。

はちきれそうな勢いのぷりぷりした野菜や魚がありあまっていて、ほとんどただみたいな値段でどんどん新鮮なものが食べられて、でっかい夕陽や明るく照らされた海を見ることができる……それで充分村ぐらしの閉塞感から逃れることができる。

逆にその閉塞感につけこんだものが、土地をふんだんに使った、もはやデパートではないかと思うくらいに大きなスーパーやパチンコ屋のチェーン店なのだろうと思う。そこでは田舎に住んでいても都会の娯楽をちょっとだけかいまみることができるというか。

そんな様子を見ていると、いつでもないものねだりの人間の心は、世界の景色にきっちりと反映されるのだなあ、と思う。

高知に行ったとき、宿の売店ででっかい甘そうなすいかを売っていて、おいしそう、と見ていたら「いいですよ！ここで買って晩ごはんにお出ししても」とお姉さんがにこにこして言ったので、そうしてもらった。甘くておいしくてみんないっぱい食べたけれど、半分残ってしまった。宿の人は「もったいないから持って行ってください、自慢のすいかです」と言って、氷をたくさん入れてビニール袋に入れ、車に積んでくれた。お昼もつまんだけれどなくならず、次のお宿で事情を話したら、なんと次のお宿でも晩ごはんのあとに切って出してくれた。

高知の人たちの優しさにリレーされた新鮮なすいかの味を、今も忘れられない。

あんなおいしいすいかをいつも食べているから、あの人たちはあんなにおおらかなんだと思う。

10

あまりお店の悪口をここには書かないようにしよう、と思っていたけれど、近所の妙に気取った小さなイタリアンレストランがあまりにもおもしろかったので、つい書いちゃう。

夫とランチを食べに行って、フルーツトマトのなんとかかんとかというパスタを頼んだら、なんと、ふたりにつきフルーツトマトが半分ずつ、計一個しか入っていなかった。熱心に捜さないと見つからないくらい。だったらタイトルにのせないで、と口には出さずに、ふたりとも同時に思った。

そして私が「サン・ペルグリーノをください」（だってメニューにそう書いてあったんだもん）と言ったら、別の国（イタリアでさえない）のガス入りウォーターが出てきた。まあ同じ意味だからある意味いいんだけれど、それぞれ全然味が違うものなのだから、違うものを持ってくるなら断らないとだめだと思う。

どうせ私たちが貧乏くさい外見をしているからあなどったのだろう。近所のカフェ兼イタリアンに気取ったかっこうでくる人のほうがおかしいと思う。でもそこはきっと、少し気取った気持ちで来てほしいお店だったんだろうと思う。こちらも悪い。

彼らはたぶん「お客様のテーブルにものを置くときは一呼吸置いてから」とはるか昔に習ったのだろう、なぜかお皿を置くときに「スー！」と音を出して息を吸ってから、テーブルに置いた。びっくりして見たら、夫の席にも「お待たせしました、スー！」と言ってから置いた。

しばらくは、その「スー！」が家でも流行《はや》った。

それでなんとなくそのお店からも足が遠のいてしまった。見た目の悪い私たちはあんまり行かないほうがいいのかも、といじけて思ってしまった。

いつも行くタイ料理屋さんは、若いご夫婦でやっていて、奥さんがいつもその細腕からは想像できないくらいの力強さでフライパンを振り、すばやくなんでも作る。おいしくて感じがいいので、いつも超満員だ。忙しいときは接客担当のだんなさんもなにがなんだかわからなくなったりしているけれど、プロ意識はばっちりで、「お待たせしてすみません」と必ず言ってくれる。

そこには「スー」もないし、変な礼儀正しさもないけれど、通りかかっただけでも、若夫婦はいつも笑顔で手を振ってくれる。常連さんも初めての人も同じようにくつろいでとにかくおいしくごはんを食べることができる。

子どもがいていつも気取っていられないからか、下町育ちだからか、私はどうしてもそういうお店が好きだ。

そうでない人もいて、今日も世界はそれぞれうまく回っているのだ。

＝

堀井和子さんの有名なレシピとしてタコ飯というのがある。

ほとんどタコとにんにくしか入っていない、ちょっとしょうゆ味の炊き込みごはんなのだが、今日は久しぶりにそれを作った。自分だけで考えるとなにか余計なことをやってしまいそうなのだが、堀井さんの書いているとおりに忠実に作ると、よそのおうちにおよばれしたみたいなおいしさになる。

堀井さんありがとう、うちの今日のごはんをおいしくしてくれて。

この気持ち、高山なおみさんや高橋みどりさんや平松洋子さんや山本麗子さん、その他のすてきなお料理研究家の人たちにもいつも抱いている。その人たちは自分たちの食の冒険や実験の結果を気前よくシェアしてくれる勇気ある人たちであり、自分の家の食卓をよそのおうちの味に変えるすてきな魔法ももたらしてくれる。

高山さんや高橋さんはともだちのともだちなので、パーティなどでたまにお会いするとめちゃくちゃ緊張してしまう。高山さんは中野の「カルマ」というお店にいるときに、何回かパーティに呼ばれてはいっしょに夜中に踊ったりしたのだからそんなに緊張するなんてばかみたいだけれど、いつも本と首っぴきでお料理していると、どうも大事な人たちとして脳みそが勝手に反応してしまうみたい。

もしかして、胃袋が、なのかな？

タコ飯は、一度ごはんを炒めるのが必須だと思う。一手間かかるのだが、それで突然風味がよくなるのだ。

堀井さんとは面識はないのだけれど、本は好きで昔からたくさん持っている。堀井さんとご主人が人生の中で何回も食べてきたこのタコ飯のことを思うと、自分の家で食べるときでもなんとなくしみじみとした気持ちになる。

チビもぱくぱくと食べていた。上手にしそだけよけて。いつかしそも食べられるようになるといいね、と思う。なんといってもこのレシピは、しそが大事なんだからね。

12

近所に、私が「お姉さんたちの店」と呼んでいるカフェがある。

去年の夏に愛犬が死んで毎日気が抜けたようになっているとき、何回もそのあたりに散歩しに来た。

いちばんの目的は閉店間際の日本茶喫茶でおいしい日本茶を飲んで、おまんじゅうやおせんべいを食べて一日をなんとか終えることだった。そういうふうに決めると、閉店間際にたどりつかなくちゃ、と思って目標ができるのである。そうでないと一日が終えられない。犬がいないのに、普通に夜が来てしまうのが空しくてしかたない。そのくらい淋しかったのだ。

そしてお昼に散歩に行ったときは、いつもお姉さんたちの店でかき氷を食べた。マンゴーの味だったり、カシスと白桃だったりするその大人っぽいかき氷を食べて、陽がかんかんに照っている道にベビーカーを持って出ると、泣いていたばっかりじゃない、今日もちゃんと動いたから、そしておいしくかき氷を食べたから、自分は大丈夫だという感じがした。

子どもにべたべたもしないけれど、気持ちが優しくて大らかなお姉さんたち。子どもがいたずらしても怒らないいし、まゆをひそめることもない。黙っていても子ども用のかわいいお皿とフォークとスプーンが出てくる。帰りは子どもを覗き込んで、バイバイと言ってくれる。

あの日本茶喫茶とお姉さんたちの店がなかったら、下北の近くに越しただろうか？　いや、越していないと思う。それくらい、近くにあるあったかい、いいお店というのは大切なのだ。

13

通っているフラスタジオのわきに、家族でやっている感じのけっこうおいしい韓国料理屋さんがあるのだが、混んでいるとてきめんに、かなり長い間なにも出てこなくなる。

それを知りながらオーダーするのはすごくスリルがある。みんなでなるべく食べるものを同じにしたり、手間のかからないものは何かを吟味したり、他のお客さんが入ってこないように必死で祈ったりして、けっこう楽しい。

これが日本人のやっている日本人による日本人のための気取った店だと、こちら側の気分もなにかが違ってしまうので不思議だ。韓国の人たちが人間味むきだしで笑顔やあやまり、あからさまにあわてている様子も見せながら、なんとかおいしいものを出そうという感じが見えるから、なぜか時間がかかっても許せるのである。

三人が黒酢蜂蜜サワーを頼んだら、一杯は全く酒が入っていなくて、二杯分だけむちゃくちゃ濃くアルコールが入っていたりして、それすら楽しめた。堅苦しい店だったらかんかんになってるところなんだけれど。大らかさって相互作用なのだな、と納得する。

今の日本に必要なものは、案外そんな感じなのかもしれない。

14

子どもだからと言って、なめたことをすると必ず伝わってしまう。

汚く適当に盛りつけたり、味つけをものすごくいい加減にすると、食べない。あと、ママが忙しくてごはんを作れないとハンストしたりする。

子どもを持っていちばんおそろしいと思ったのは、そういうことも含めた母親というものの絶対的な権力だ。この権力をいくらでも悪いほうに使おうと思えば使える。思い通りにならなかったらごはんを作らないとか、逆に毎日逃げられないくらいひたすら作ることで食卓にしばりつけるとか、なんでも可能だ。

なんてこわいことなんだろう。

まあ、権力があることを己が知ってさえいれば、おぼれることもなく、落ち着いていられるのではないかと思う。もしも自信がなかったり、自分のことをおろそかにしていたら、なにかのときに変な力をふるってしまうだろう。

今日は余裕があったので、フルーツトマトを切ってともだちたちからもらったおいしいオリーブオイルと岩塩とこしょうをふったもの、ゆでたてのいんげんに高知で買ってきた馬路村《うまじむら》のぽん酢しょうゆをかけたもの、キャベツと油揚げをナンプラーでさっぱり煮付けたもの（高山なおみさんのレシピだ）、大きな鶏肉が入ったスパゲティナポリタン（ピーマンがいっぱい入って、ケチャップ味の昔ながらの味つけで）を作った。

チビは寝ていたので、それらをカフェのようにワンプレートにきれいに盛って取っておいた。

起きてきたのでそれをテーブルに出したら、「ないの！出すの！」と言い出したので何がないの？と思ったら、自分用のいつものフォークでなかったのが気に入らなかったらしく、引き出しをあけて自分で持ってきていた。そして楽しそうにぱくぱくと食べていた。

そうか、きれいに盛りつけてあったら、フォークもいつもみたいにそのへんの洗ってある奴をてきとうに使うのではなくて、自分用でなくちゃいけないんだ、と思うと、おかしかった。

15

うちから少し離れているが、まあ歩いていけるという範囲に、沖縄そばの店がある。沖縄そばと、ちょっとした沖縄定食の店。すごく有名だから「観光客」も来る。でも、たいていはそのへんの人たちがちょっと定食を食べに来るところだ。値段も気楽。

そのとなりにガストがある。

ガストにはなんのうらみもないが、この状況でガストに行く人が多いっていうのも、すごく不思議。冷凍ものよりもおいしいと思うんだけれど。でも気楽だし、安いし、ハンバーグとかあるし、しかたないか。

まあ、そんなこととは関係なく沖縄そばの店は繁盛している。

これで、あのお店の良さをうまく表現できているかわからないんだけれど、「沖縄でもめちゃくちゃおいしい沖縄そばの店」というよりは、「沖縄のなんていうことない普通の味のお店」で、そこがいいところなのだ。

ものすごく感じがいいわけでもなく、かといって全然冷たくはない。きちんと挨拶してくれるし、子どもにも普通に親切。もちろん全てが新鮮だし作りたて。入り口で食券を買うのも気楽。てきとうに選んで交換してあれこれ食べるのも気楽。タコライスやチャンプルーもあるので、迷うのも楽しい。

沖縄にいるとき毎日感じるあたりまえの気楽さがそこにはある。

その人たちはその仕事に東京で飲食店をしている人たちにありがちな、異常なまでの誇りを持っているわけではないけれど、働くことを人生の大事な部分と思っていて、勤勉だけれど変に先々に対して野望など持っていない。暮らしていく上でのことを淡々とやっていて、人として間違ったことはなにもないって感じの食堂。昔ながらの感じ。

それであまりにも気楽なので、大酒を飲むわけでもなく、ビールをさっと飲んでぱくぱく食べて帰るのだが、心になんのストレスもかからない。いつも意識していないストレスなんだけれど、いざないのを経験してみると、店の側の夢や理想を客に強いているところが、思いのほか多いのかもしれないことがわかる気がする。

チビがそこで気楽に食べたもずくやそばの味を、忘れないでいてくれるといいなと思う。

みんなでわけあって、ふだんの生活の中に、あたりまえにあるあたりまえの食事の場面として。それ以上でも以下でもなく。

16

網に入ったのを大量に購入してあったにんにくが、少ししなびてきていたのはわかっていたけれど、まだまだ使える状態だったので、毎日普通に食べていた。

うちはものすごくにんにくを食べる家なのだ。

茶色いところは取って、ダニがわいたところは洗い、しなびていないところや出てきた芽のところをスライスして、とにかくひたすら食べていった。

もう限界というところでついにカビた部分を三切れほど捨てたけれど、そこまでがんばってから捨てたことが悔しいほどだった。

新しいにんにくがやってきたので、いつも通りにばしばしとむいて、ラタトゥイユを作った。何日も持つし、冷たくておいしいし、パスタにもピッツァにも使えるし、夏の野菜が余ったら何でも入れられるし、なんてすばらしい食べ物でしょう、と思う。この料理の主役はトマトとにんにくと時間だ。

野菜が煮えてじっくりと汁を出すまでの長い時間、それが自然に冷えていく時間、冷蔵庫でもっとひんやりとする時間。それがなによりも大切なのだった。

新しいにんにくは皮も生き生きしていて、皮と身が離れにくいくらい。身はぷりぷりしていて、とがった味とものすごくフレッシュな香りがある。

ああ、これこそがにんにくだった、と思い出すような新鮮さだった。

人が赤ちゃんをとにかく好きだったりするのも、これに似たことなのかもしれない。

私も年を取ったら虫がわいたり皮がたるんだりカビたりするのだろう。

今、世の中の男の人たちが小さい子どもにものすごい執着を示すのは、自分に余裕がないからだろう、その新しさに依存したいのだろう、そんなこともふと思った。

17

みんなでいった旅行で、私とともだちだけアニサキスにやられた。サバが犯人だった。

それはそれはおいしい、とれたての、きときとのサバを、港の売店でその場でさばいて食べたのが……裏目に出たのだった。

ともだちの胃に現れた症状と全く同じ症状が十時間後に私の腸におとずれたので、面白かった。人間の体の正確さというか、なんというか。見逃してはくれないのね、みたいな感じさえした。

とにかく刺されるようなきりきりっとしたものすごい痛みが襲ってきて、しばらくするとけろりと大丈夫になった。そしてまたきりきりがやってくる。それを何セットも繰り返しているうちに、治ってきた。ネットで調べたら胃けいれんと同じくらい痛いそうだ。

しかし、私は「これ陣痛に似てるな、まあ、陣痛よりも痛くないな」と思ってかなり痛くても耐えられた。経験はないが、胃けいれんにも耐えられるかも。

母は強い！

ともだちは男だったので「痛い……救急車を呼びたい！どうしよう」などと言っていた。

ふふふ。

それで、大変言いにくいことだが、数日後トイレで「あれ？私、はるさめ食べたっけ？」というようなものが出てきた。でもはるさめなら消化されているはずよね、と思ったとき、私は悟った。

「虫に通られた？体の中を？」と。ああ、衝撃的な体験だった。そしてなんかわからないけれど「勝った！生きて虫の攻撃を勝ち抜いたのだ！」と思った。バカみたいだが、プリミティブな歓びだった。

18

お昼ごはんのために、きゅうりを刻んでいた。

刻んだきゅうりを馬路村のぽん酢しょうゆ（高知に行ってからはやっています）でもみ、しその千切りを加えて、ごま油を少しかけてまたもむ、という簡単サラダだ。

チビは少しだけしゃべれるようになっているので、きゅうりを見て、

「きゅうり食べたい！」と言った。

なので、輪切りのきゅうりを三枚ほどつまみぐいさせてあげたら、

「きゅうりおいしいね！」と言った。

流しのほうに落ちているきゅうりのへたを取って食べようとしたので、

「それはだめだよ」と言ったら、

「このきゅうりはだめだ」と言い返してきた。

そして、もみこんであるボウルのほうのきゅうりを指さして、

「こっちは食べてもいいよ！」と自ら許可していたのでおかしくて、またつまみぐいさせてあげた。

こうやって、どの状況にどの言葉を使うのかを、ひとつずつおぼえていくんだなあと思った。

19

二歳半の子どもの好きなものは、小さくて自分の手と口でちょうどよく食べることができるもの。そして麺類。

いずれにしてもめんどうくさいものは食べたくない。だからスナック菓子が好きなんだなあ、と思う。スナック菓子のあの大きさが、子どもにはベストの大きさなのだ。よく考えられているなあ。ずるいくらいだなあ。

だから今、朝ごはんはたいてい一口おにぎりか、一口ハチミツパンとドライフルーツ、ナッツとヨーグルトだ。それがプレートに載っているのを見ると、まるでおとぎばなしみたいだ。それに、なにかに似てるな、と思って思い出した。

イタリアの朝ごはんみたいなのだ。

そういえば、イタリアで朝ごはんをしっかり食べるとすごく驚かれる。イタリアの朝ごはんはちょっと甘いパンかコルネット（クロワッサンみたいなもの）とカフェラテだけという人が多く、フルーツさえ食べない。それで昼はわりとしっかり食べる人が多い。もともとお昼寝がある国々の考え方だなあと思う。

朝からとにかくごはんとかおみそ汁やお魚を食べる日本人から見たら、「そんなお菓子みたいな朝ごはんで力が出るの？」ということになるし、「そんなにお昼を食べたら、眠くならない？」ということになるんだろう。

イタリア人からしたら、朝から重いものを食べるなんて、また眠くなってしまうではないか！という感じではないだろうか。

それぞれの国の人たちが長い間かかってつちかってきて、それぞれが当然と思っているようなことって、ほんとうに興味深い。

20

姉と私はいつもくだらないことで、大事なテレパシー能力を使ってしまっている気がする。

私はある朝起きて、「ああ、今日の晩ごはんはあの残った鶏肉と魚でタンドリーチキンとフィッシュティカもどきを作ろう」と思った。起き抜けにそう思って、すぐにスパイスに漬け込まないと晩ごはんには間に合わない。

おおよそ八時間くらい漬けて、鶏はオーブンで、魚はフライパンで揚げるような感じで焼いて食べた。肉だけで満腹になってしまった。

食後に姉に電話して、

「明日は焼きそばにしてよ」

と言った。

「なんで?」と姉。

「だって、このあいだ作ってくれるって言ってたじゃない」

「それが……さっきふと焼きそばを作ろうと思い立って、今、まさに目の前でお父さんが焼きそばを食べてるところ」

「ええ?じゃあ今度でもいいよ」

「いいよいいよ、焼きそばも作るよ」

「『も』って、明日はなにになにするつもりだったの?」

「羊のタンドリー」

「ええ？今日のうちのごはんはタンドリー一色だよ！」

「なんてことだ！もう漬け込んじゃったよ」

「まあいいよ、毎日でも」

「じゃあお互いに明日も」

こういうことが、ほんとうに毎回というくらいにあるのだ。

電話を切る前に、この超能力をもっと有意義な他のことに役立てられないだろうかねえ、としみじみ言い合った。

21

うちの近所に、森茉莉先生が毎日通っていた喫茶店がある。

森茉莉先生はいつも同じ席に日参し、紅茶一杯でずっといて、しまいには店屋ものまで取っていたという。それを寛容に受け止めていたのが、お店のマスターだという。

いったいどういうところなんだろう？と思ってどきどきしながら行ってみたら、マスターも奥さまもその頃のままの元気な姿を見せてくれた。

お客さんが来ると彼らはまず「この人は単なる近所の人か、美空ひばりファンか、森茉莉好きか、マジックの修業中か」を見極める。そう、このお店は基本的には全国に点在するマジック喫茶のひとつなのだ。チェーンではなく、国立のお師匠さんにほれこんだ人たちが各地で同じ名前で始めた喫茶店なのだそうだ。いい話だなあ。

コーヒーあんみつを頼んだら、濃いコーヒーの味がしてとてもおいしかった。奥さまが笑顔で説明してくださった。店の中は古民芸品と共に、めちゃくちゃに手先が器用そうな奥さまの押し花や刺繍が飾られているが、趣味の範囲を超えていてものすごくセンスがよかった。美空ひばりコーナーもある。息子さんはボディボードの第一人者だ。とにかくなんでもできるご一家という感じだ。

ご主人は私が森茉莉ファンと知って、当時のお話をいろいろ聞かせてくださり、当時の森茉莉特集の切り抜きをコピーしたものまでくださった。

それがちっとも押しつけがましくなく、さわやかなのがすてきだった。

普通こういういろいろなオプションのあるお店に来ると「店のマスターをもてなすためのお客さん」になってしまうことが多いのだが、このお店はあくまで上品であった。

森茉莉さんから来たお手紙とか、森茉莉さんがこのお店で見かけて気に入っていたらしい殿方の話も聞いた。生きている森茉莉さんが確かにここにいたんだ、と写真と同じソファに座って、不思議な気持ちだった。

「僕目当てかと思ってたんだけどね！」とご主人は笑い、ちょっとだけマジックを見せてくれた。

初代引田天功のお弟子さんでもあっただけのことはあり、鮮やかなマジックだった。

二代目のプリンセス天功を「あの子は十六、七だったかな」とおっしゃったり、「マリックさんの若い頃だよ」と写真を見せてくださったりして、マジック界の年季も長かった。

でも何よりもご主人がほんとうに国立のマジック喫茶のお師匠さんを好きで、尊敬していて、幸せに始めたお店なのだということがいちばんいい感じだった。豆からひくコーヒーもとてもおいしい。

それにほんとうにうまいので、素人手品を見せられているときのあの圧迫感が全くない。得した感じがするのだ。

ああ、森茉莉さんはこの自由な空気を快いと感じたのだな、と私は嬉しく思った。

22

亡くなった人の話をしながらごはんを食べた。

彼女は自ら命を絶った。赤い靴が現場にそろっているのが見つかり、それが発見の決め手だったそうだ。

ご主人が「あいつらしいんだよ、赤い靴でね」

と言ったのが忘れられない。ほんとうに赤い靴が似合う華やかな人だったのだ。

ご主人は奥さんを捜しに出たけれど、おろおろして遠くばかり見てしまって、地面にそろえられた赤い靴に気がつかなかったことをとても悔いていた。

最後の走り書きには、好んで改名したほうの名前ではなくて、彼女のもともとの名前が書いてあったそうだ。

全てがとても悲しい話で、みんな涙をふきながら、鼻をかみながら食べた。

それでもみんな、なんとなく食べ続けていた。とてもおいしいごはんだったのだが、味がしなくなった。

お通夜で出るお寿司や、お弁当や、ビールと同じ感じがした。

私も、あの少し固くなった寿司や冷えたお弁当や、ぬるいビールがどれだけ人びとを和ませているのか、どんどんわかるようになってくる年齢になってしまった。

そんなことおかまいなしににこにことして練乳をなめているチビがまた切なかった。それでもチビがいることで、みんないやおうなしにちょっと笑ったり、チビを眺めて少し活気をもらったりした。

一堂にかいしてだれかをしのぶとき、いろんな年代の人がいたほうがいい。これってつまり、そういうことなのだなあと思った。

23

Eさんが、かばんの中からほっこりとした丸いパンを出して、「フィリピンでは有名なパンなんです、よかったらどうぞ」と言って私にくれた。

フィリピンの料理はいつでも日本人にとってとても不思議な組み合わせでできているのだが、慣れてくるとその不思議さこそがいいな、と思えるものなのだ。

たとえばそのパンは甘い生地でできていて、ちょっとペストリーのような感じなのだが、なぜか丸く成形されていて、とても大きい。そしてバタークリームと生クリームの中間のようなこってりしたクリームの上に、なぜか！千切りのチーズがたっぷりと載っているのである。

ううむ、と思うのだけれど、食べると、そのクリームとチーズが合わさってちょうど甘めのマヨネーズのような風味。不思議とあとをひくおいしさだった。

なによりも、Eさんの弟さんがフィリピンからEさんのためにたくさん買って手荷物で持って帰ってきたそのパンのうちのひとつが、またEさんのところからうちまで大事に運ばれてきた、そのことがすてきだと思った。

Eさんの娘さんは日本で生まれ育ったので、Eさんに「ママ色が黒いよ、もっと白い方がきれいだよ」と言うそうだ。Eさんの天然パーマの髪もおじょうさんには不評で、ストレートがいいよと言われるそうだ。「でも陽に当たるとすぐに真っ黒に焼けちゃうし、髪もいくらストレートパーマをかけてもすぐに自然に巻いてしまうんです」と彼女は笑っていた。きっとおじょうさんは、つい、学校で自分が言われるようなことをママに言ってしまうのだろうと思う。

黒くきれいに焼けて、髪の毛もすばらしいウェーブがかかっている、それがママの国の美しい人なんだよ、ママはそのままで最高に美人なんだよ、とおじょうさんに言ってあげたいけれど、そのうちにおじょうさんも気づくだろうと思う。

24

たいていのカフェごはんが見た目ほどにはおいしくないのは、ほんとうにおいしいものを知らない年齢の人たちが作っているからだろうと思う。

近所にとても若い人たちがやっている、五穀ごはんを出すカフェがある。

きっとやっている子たちは二十代前半で、とにかくカフェをやろうと一生懸命で、みんな多分ワンルームみたいなところに住んでいて、親の手料理もみっちり食べたことがなく、いろいろなものを食べた経験が少なそう。週末はクラブに行ってともだちと踊り、その前後に軽食を食べるような感じのライフスタイルの子たちに見える。

だから、メニューがヘルシーであるということに一生懸命で、味がお留守になっている。

決定的な問題点は、油が古いことだ。それだけで全ての料理に同じ味がついてしまう。あまりに近所なのでたまに行くのだけれど、ランチの「秋鮭の山椒風味」は山椒のたれにつけこみすぎて、漬け物になっていた。その漬け物を古い油で揚げ焼きにしているから、だいなしなのだった。でもほんとうにおいしい秋鮭を食べたことがなかったら、ああやって作って満足しちゃっても無理はないな、と思った。

たとえばだが、友だちで玄人《くろうと》のようなパンを作る子がいて、たまに送ってもらっている。そのパンはほんとうにおいしいので何もつけないで食べることができる。

彼女の作ったシナモンレーズンベーグルをふたつに切って軽くあたため、ハチミツとチーズを載せたら、もうどのカフェよりもおいしい。もしもこれを一度でも食べたら、もう戻れない。もしも自分がカフェをやっていたら、これ以下のものは出せない、そういうことだ。経費の都合上そんないいものは出せない、ということなら、大きさを小さくするとかハチミツとチーズの黄金比を少ない量で考え抜くとか、いろいろなやり方がほんとうはあるのだと思う。

まずはなにを自分が食べたいか、そこからスタートするのが飲食店はやはりすてきだ。彼女はたくさん恋をしていろんなところでほんとうにおいしいものを食べてきたから、それがこのパンの中に生きているんだな、と思わざるをえない。

似たような話だけれど、「若い人」というには少し歳が上の知人がはじめた恵比寿の「ヘキサゴン・カフェ」は、やはりおいしいものを食べてきた人たちがやっている、ひと味違う店だ。

見た目はとにかくおしゃれなのだが、味はそのおしゃれさ以上にしっかりとしている。そこの「ポークジンジャープレート」は一見すると普通のしょうが焼きなのだが、ごはんの炊きかげんは完璧だし、そこにふってある白ごまが豚肉と合うし、豚肉の身は厚く、脂は多すぎないという、洋食屋さんでもなかなかありえないほどのクオリティなのだ。

これまでにいろいろな場所に行って、いろいろ食べ、いろいろものを思ってきた経験が、誇り高い味を作るのだなあと思う。だから中年期に近くなった人たちが作るお店はこれからどんどん面白くなっていくと思う。

25

私が今いちばんおいしいと思っている四谷の「すし匠」というおすし屋さんがある。

あまりにおいしいということで意見が一致した私とともだちは、ふたりでそこのネタを食べ尽くして、お酒も飲み尽くして、酔っぱらって最後の最後にどうしてこんなにおいしいんですか？とご主人にたずねた。

ご主人はとてもいいことを言った。

「大きなごはんに新鮮なネタをたくさん盛るおすしは、そういうのがおすしという感覚の人にはいいと思うんです。でも、自分はそれだったらお刺身とごはんに分けて食べたいと思ってしまう。カレーとインド料理は違うし、ラーメンは中華料理じゃない。それと同じことだと思います。自分は、ネタとしゃりが一体となって、さらにそれだけでひとつの料理として味がついている、それが大事なことだと思っています。今日めしあがった量だって、もしいっぺんにもりつけられていたら、きっとむりだったでしょう。少しずつ、いろいろな味をいい順番でお出しすると、いつのまにかおいしくたくさん食べてしまうんです、人ってそういうものなんです」

すばらしいお店には必ずそれを裏付ける考え方があると思うんだけれど、やはりあったんだ、と胸がすく思いがした。

26

あまりにも細かく細かくていねいに料理するのは好きじゃないけれど、いくらなんでも大ざっぱすぎてどうかな、と思うことは多い。

昨日の夜のメニューは、ボンゴレにするつもりだった。

白ワインがないことにはっと気づき、買いに行くのがめんどうくさいから、もうこのさいエスニックにしようと思い紹興酒をちょっとだけ使って、バターとにんにくをたくさん入れ、ナンプラーで味を調《ととの》えたら意外においしくできた。なんというてきとうさ！

昔、全然料理ができなかった頃は、こんなてきとうなことできなかった。一品作るのもどきどきしたし、つらかった。

そして、決まったものならどうにかいつでも作れるようになると、今度はやたらに「自分の味」「自分の個性」を売り出したくなる。そうすると、確かにテーブルの上には自分の味としか言いようがないものが並ぶのだが、とても疲れる。とにかく同じ味だし、ベスト盤のCDみたいなもので、遊びがないから、たとえよいものばかりだとしても、心がちょっと縮こまるのだ。

そのあと、ある時期が来ると突然に、「普遍的な味」を求めるようになる。その頃には自分以外の人に作ってあげるようになっているのも、大きいと思う。たとえば、自分はさほど好きではないイカとかエビをおいしく調理するには、どうしても普遍的な味を見つめなくてはならない。

と書いているととても料理がうまそうなのだが、そんなことは全然ないです。

さらに、その段階を経て「ボンゴレを作るつもりだったが、材料が足りないのであるものでなんとかする」が初めてできるようになる。

それで歩んできた道を見ると、それは「小説を書くこと」ととてもよく似ている。ほんとうに面白いことだと思う。

27

水餃子を食べたいね、と言って家族で中華料理の店に行ったら、満席で外まで人が並んでいた。これはだめだなあ、と言って、他のものを食べて帰ろうと思ったら、チビが水餃子でなくちゃいやだ、と言う。近所には他に水餃子のおいしいところはあと一軒しかなくて、そこは閉まっている曜日だった。

じゃあ、家で作るか、ということになったが、外で食べようと決めてから改めて家で作るのはけっこうめんどうくさいことなので、思い切り手を抜くことにした。

買ってきた宇都宮餃子の半分をスープ（ねぎとしいたけと中華だしとプチトマト）に入れて水餃子もどきにしたところで、もう満足。半分は焼いて柚子胡椒で食べた。チビも「ぎょうざ、ぎょうざ」と言ってよく食べた。

それからさらに、同じく買ってきた富士宮焼きそばを書いてあるとおりに忠実に作る。こういうときは絶対に箱に書いてあるとおりにするのが大事。それがいちばんおいしいのだ。

土地が違うところの冷凍食品たちがうちのテーブルで集っていて、それはそれで楽しい夜になった。家庭のごはんは力を抜いて、だれもそんなにむりをせず、食べたいときに食べたいものを食べるのがいちばんということなのだろう。

28

ＴＶでみのもんたが昔食べた最高のカルボナーラの話をしていたのを聞いて、どうしても食べたくなってしまった。

ちなみにそれはビストロＳＭＡＰでのことで、ＳＭＡＰのみなさんが作ったカルボナーラではだめだったらしい。みのさんには思い出のカルボナーラの味があって、それとは違うと言っていた。

あの番組を観るといつも思うのだけれど、いくらすばらしい食材を、プロがついていてきちんと指導して料理していても、彼らがとんでもなく器用だとは言っても、やはりスタジオでみんなに見られながら食べるものはお店で食べるものほどおいしく食べられないのかも。

見ているぶんにはとてもおいしそうなカルボナーラだったので、ますますそう思った。

そして私はついつられてしまい、カルボナーラを作った。

息子と夫と友だちがおなかをすかしていたので、五百グラムも作ってしまった。コツは多分チーズとタマゴと塩を混ぜておくこと、これはイタリア人に聞いた。生クリームをほとんど使わなかったので、ちょっとタマゴがモロモロっとしたけれど、おいしくできた。

隠し味にほんのちょっとだけ、あるかないかわからないくらいしょうゆを入れるのが、日本で食べるときは、けっこう大切。

みんなで五百グラムをなんとか食べてしまったのになによりもびっくりした。

こってりしたカルボナーラをこんなに食べたら、健康にいいはずのみのもんたのお話のおかげで、健康を損ねてしまいそうだった。

29

近所のニュージーランド料理の店に行ったら、すてきな写真がいっぱい飾ってあり、ものすごくニュージーランドに行きたくなった。魚も貝もおいしいし、野菜もなんでも新鮮で、さらにワインもおいしいとは！天国みたいなところである。

そんなニュージーランドをうっとりと夢見ながら、前菜を食べていた。

しかし、お店が混んできたら店の人が次第にいらいらしてきて覇気もなくなり、調理場の人はもう見るからに死にそうになっていた。

おかわりのワインを頼んだらため口で「だから、丸がついてるのが今日のグラスワイン、そっちに書いてるのは、明日のグラスワインになるかもしんない奴！」と言われたときには、怒るよりもなんだか気の毒になってしまった。特に、最後の「明日のグラスワインになるかもしんない奴！」っていうのが悪いけどおかしくて、今書いていてもちょっと笑ってしまう。ごめんなさい。それは、お店の予定表！言わないで！

多分ニュージーランド好きのまじめそうな人たちだったから、いっしょうけんめい感じよくしてた自分が崩れちゃった瞬間って、内心では屈辱なんだろうなあ、と思った。きっと店が終わってからほっとして仲良くしゃべっておいしいものを分け合ったら、彼らは明日もがんばれるんだろうなと思ったけれど、なんとな～く彼らにはそういうのがなさそうだった。疲れて帰って寝るだけで、明日の仕事も苦痛って感じだろうな。

日本人はそういうときの、自分本位の気分転換がほんと～うに下手くそだと思う。

外国の人はよかれあしかれ自分本位にば～んと気分を変えるので、混んでいていろいろ滞ったときに面白いことを言い出したりして、逆にお客さんが笑っちゃうこともあるくらいだ。苦しくてストレスフルな姿を見せちゃうよりは、もしかしてそっちのほうが双方楽なのかもな、と思った。

そのお店に非常によく似た形式のイタリアンバールが下北沢にあるのだが、そこはあぶなっかしいながらもなんとか切り抜けている。ちょっと栓が甘くていつもワインの気が抜けちゃってたり、お店の人がてんてこまいしていたりしてどうなることかと思ったが、手前のほうの席が立ち飲みという性質上か、外国の人が多い場所柄か、恵比寿と違って仕事帰りや接待の人が少ないという気楽さのためか、いいかげんなところはいいかげんなままで、いつも繁盛したままなんとか切り盛りしている。これが恵比寿だったら、多分客に怒られ通しで、店の人がめげていただろうと思う。

場所とか客層とやりたいことのバランスを観ることまでしなくちゃいけないんだから、ほんとうに、お店って大変だ。

そういえば、このあいだ乗ったタクシーの運転手さんは、埼玉のとても大きな不動産会社の社長さんだった。今度都内に事務所を開くので、渋谷から三軒茶屋あたりのほんとうの姿、何時にどういう人が動くか、何が求められているかを知るには、社長自ら、こうやってその町に足をつけてみるしかない、暮らすか仕事するかしないと、読み間違えるから、半年間だけタクシーに乗っているのだ、と言っていた。発見したことはたくさんあるが、いきなり事務所を出さないでほんとうによかった、本に書いてあることや人の言うイメージは大まかには合っているが、全然違うんだとも。

お店を出すときも、手間はかかるが、その町に住んでみるのが結局はいちばんいいのかもしれないな。

30

チビがごはんを食べながらひとり「丸！これは丸だ！」と言っていた。なにが丸いの？と思って、テーブルの上を見たけれど、とりたてて丸いものはない。でもまだ「すごく丸い、口の中がきゅうに丸」と言っているので、よく考えたら、タコと水菜の炒めたのにタコの足が入っていて、食べたら吸盤がはずれたらしい。

確かに丸だ、そうとしか言いようがないよね、と心からうなずいた。

31

子どもが小さいときは、どんな忙しい人でも家でごはんを作るようになるなあ、というのが最近の私の実感だ。そういえばうちの親もそうだったし、エッセイなど見ると大橋歩さんもそうだったみたいだし、平野レミさんも、平松洋子さんもそうみたいだ。内田春菊さんもそうだ。昔はその人たちの「子育て」に関するエッセイがそんなに深くは理解できなかったけれど、今では寄り添って眠りたいくらいに大事に思う。

外食って時間がかかって大変、というのもあるけれど、ずっと家にいるとごはんを作るのがストレス解消みたいなところもあるんだな、と思うし、子どもがいるから外出せず、家に人を呼び、なんとなくそのままごはんを作って出してしまう、ということも増えるという感じだろう。

子どもはハンバーグが好きというのはうそだろう、だってうちの子どもはやたらにお魚が好きだし、と思っていたが、思い立ってふととってもスタンダードなハンバーグを作ってみたら、食べる食べる、もうびっくりするくらい食べて、「ハンバーグ」という単語まででいっしょうけんめいに覚えているではないか。ついこのあいだまで、あまり好きでなかったのに、「幼児」という年齢になったら突然そうなった。

こんなのを見てしまうと、作ってあげようじゃないか、と思ってしまうのが親心なんだなあ、とも思った。みんなが通った幸せな道を、私も歩いている。

私は性差別が嫌いだけれど、よく男の人が外であうような目（意地悪される、だまされる、負けて損する、交渉が決裂する）にあうと、男の人のように攻撃的ではいられない自分を見つける。攻撃的に攻めていって勝ち負けするというゲームのようなものに何の価値も見いだせないのだ。しかし男であると、たとえそれが繊細な、オカマの人であっても、勝ち負けの中に楽しみを見つけるように思う。意地悪をしたり、皮肉を言ったりして勝つという形でもだ。

そして、どんなにがさつな自分でもやはり女性で、相手を見て必要としているものを与える機能、世話する機能はやはり男の人よりも発達していると思う。

これこそが性差というものなのだな、と思わずにはいられない。素直に認めていいと思う違いだし、認めるととても楽になると思う。男女がお互いに。

男性の友人で「人にお酒をついでもらったり、お皿に何かを取り分けてもらうと、それだけでもう嬉しいしおいしい」と言っている人がいて、男社会で働いて疲れ果てていた私は「いやだなあ、男って、マザコンだし、かしずく女が好きで」と思っていた。

でも今はなんとなく理解できる。

みんな、母親が自分を一番にしてくれて、本人は二の次で世話された、そんな記憶を懐かしんでいるのだろうと思う。

ばりばりの男社会をリタイヤした私は、今ではお母さんになって、彼らの要求に容易に応えてあげることができる。これを退化とはやはり思わない。適材適所という話だろうと思う。これもまたばりばりの男社会にいたからこそ、実感できることでもある。

32

友だちがおいしい長崎ちゃんぽんを求めて、いろいろな店に行っていた。

長い間、いろいろなおいしくない店にうっかり入ってしまったようだが、三茶にいいお店を見つけたらしく、そのつらい旅は終わったようでほんとうによかった。

ちゃんぽんというのはほんとうに難しい代物で、まず長崎のちょっと濡れたような、でも昼はからりとしているような独特の気候や雰囲気にいちばん合っているので、東京で食べるというだけで減点されてしまいそう。

そしていろいろな要素が混じっている食べ物なので、少しでも失敗すると残飯処理みたいな味になってしまう。だめなちゃんこ鍋と同じで、貝と肉と野菜をいっぺんに煮込んで、しかもあのちょっと固めの麺に味をつけるというのは、簡単なことなんだけれど、それをおいしく感じさせるのはすごくむつかしい。長崎の新鮮な魚介で作らないと、なおさらだ。ちゃんぽんの場合、たいていは「ぬるくなっている、麺がのびている」という最大の失敗を犯していることが多い。

友だちは長崎の人なので、ただ素直においしいいつもの味が食べたいのだろうと思った。彼の頭の中にあるちゃんぽんは、きっと子どもの頃からの味なのだろう。イメージの中の味がほんものよりもおいしくなっちゃっている可能性さえある。

私はあちこちでコロッケの立ち食いをするけれど、どんな名店の味でも小さいときに買って食べていた近所の肉屋のコロッケほどおいしく感じられない。それと同じようなことなのだろう。ちなみにその肉屋さんはまだあって、いまだに同じおじさんがコロッケを揚げていて、全く同じ味がする！なので、その町に行くと、必ず食べてしまう。きっと他にもっとおいしいコロッケはあるのだと思うが、私にはやはり忘れられない味だ。子どものときほど感激はしないけれど、ああ、この味だと毎回思う。

もしかしたら、彼の求めているちゃんぽんは、そもそも都内では食べることができず、時間をさかのぼらない限りは食べられないものなのかもしれない。

そんな話をいろいろしたあとで、たまたま時間があったので渋谷にあるちゃんぽん屋さんに行った。前述の彼が、かなりいい線いってると言っていたお店だ。

中華料理屋さんなんだけれど、ちゃんぽんが売りで、古くからあって、安くて、いつもにぎわっている。ビールとおつまみのセットなんかもある。

もちろん化学調味料の味はするし、店は古くてあちこちぼろぼろなんだけれど、そこにはいつでも活気があって、ちゃんぽんがあつあつで野菜も椎茸もぷりっとしている。

もしもサラリーマンで、こんなところで仲間と帰りに一杯飲みながら熱々のちゃんぽんや皿うどんを食べたら、楽しいだろうな、と近所に就職したくなってしまうほど平和な店なのである。

その日も四人連れのスーツの人たちが来るなり、中のひとりが前からいた四人を指さして「あ!?俺は誰もいないからカギまでかけて出てきたのに！」と言って笑い、「お先！」と言ってもともとの人たちが笑い、そんなふうに楽しそうな、疲れ果てていないサラリーマンを都内で見るのも久しぶりで、とてもいい感じだった。これは絶対にこのお店の力をもらってるんだな、と思った。

その力をお客さんは活気とまた来ることで返す、そんなすてきな循環を見た。東京のちゃんぽん界も捨てたものではないみたい。

33

景気の多少の回復と関係あるのかもしれないけれど、町を歩いていると少し前よりはちょっとだけ、人びとの顔が柔らかくなったのを感じる。かすかな差なのだが。

そして落ちている人はとことん落ちていることも感じる。顔色も悪く、あてもない仕事の売り込みで夢も希望もないという感じで苦しそうに歩き回っている人たちを見ると、どうかこの人の人生、くつろいで笑う時間もありますようにと祈らずにはいられない。

その中でたまに「躁状態みたいなはしゃぎ感はないんだけれど、仕事も人生も基本的にしみじみ楽しくてしょうがない」みたいな人がいると、輝いて見える。みんなもその人の周りになんとなく集まっていく感じがする。

私がお茶の専門店でバイトしているときはバブルの時代だったので、みながやたらにせかせかがつがつしていた。お茶をゆっくり飲む店だったのだが、そのコンセプトはまだ早すぎたのか、とにかくみながぐいぐい飲んでがつがつ食べてさっさと払って帰って行った気がする。

しかし、その中でもゆったりした人たちはいつでも存在していた。そのお客さんたちが来ると、こちらがほっとするような人たちだ。

時代のペースを全く知らないのも問題だが、自分のペースを持つことのほうがきっと大切なんだな、とよく感じた。

まわりのせいにするのは簡単だけれど、自分がどうふるまっているか、そのことをよく見ていこうと思った。眉をしかめて、気分悪そうに、ただ先を急いで、ゾンビみたいに歩きたくない。

34

人に作って食べさせるということが苦手だった。

人に作って食べさせるということは、「相手のそのときの気分や体調でいくら残されても平気」という基準を自分の中に持つことでもある。その人の口には合わなかったかもしれないし、たまたまおなかがいっぱいだったのかもしれないし、とにかく自分は精一杯やったと言えるということだと思う。

子どもは好きなときに好きなものを好きなだけ食べて残す。これまでの彼氏の中でいちばんきびしく残す人かもしれない！

それをいちいち気にしていたら、身がもたないということが体でわかった気がする。

さすがに、十数年も人にごはんを作っていると「自分がおいしく食べたい」ということが二の次になってくる。そして矛盾しているが、下手なら下手なりに、自分の味のイメージ通りになにかを作れるかどうか、それだけでいいという気がしてくる。

で、それができると、次は店でも「あれを今すぐすごく食べたい」みたいながつがつした感じが減ってくる。人にゆずったり、まず子どもに食べさせたりすることができるようになってくる。

これがいいことかどうかはちっともわからないけれど、大人の考えに変化したことは確かだなあと思う。

35

ものすごーく炒めてあるたまねぎが最近は冷凍やパックになって売っている。

あれが私のカレー作りをどのくらい助けているか、言葉にできないほどだ。

生のたまねぎを均等に切って（均等に切ることが、きっと何よりも大切なのだろうと思う。火を通すときに差があると完成が遅れるし）、三十分くらい炒めて飴色になるのを見るのは楽しいだろうし、食べ物だからやっぱりフレッシュな方がいいだろうし。

でも、子どもがうろうろしているとなかなかそれができないので、いつもフラストレーションをためていた。飴色まで炒めないたまねぎで、煮込まずに作ったカレーというのも、それはそれでおいしいものだし。

でも、あれがもうできていると、あの中村屋のカレーにかなり近い物が三十分くらいでできてしまうのである。初めてできたときの感動は言葉にできないほどだった。

いつもたまねぎ炒めでちょっと失敗して、なんとなく甘みがでなかったカレーが、できてしまうのである。

昔、中村屋のカレーは魔法のようなものでできていると思っていた。あんな味の食べ物がどうやってできるのか想像もできず、ただおいしいと食べるしかできなかった。このあいだイタリア人ふたりを連れて行ったら、ファミリーレストランみたいな雰囲気にグルメな彼らはちょっとひいて、こんな場所ですごいものが出てくるはずない、しかもカレーでしょ?という顔をした。

しかし、あの有名な「インドカリー」が出てきたら、即座に魔法にかかっていた。おいしい、これは本当においしい、普通のカレーじゃない、などなどと絶賛して、来日中にもう一回足を運んでいた。

本当の製法は明かされていないと思うが、中村屋さんはカレーの本を出していて、全てのレシピが載っている。家庭用の分量や材料ではあるが、堂々とあの「インドカリー」の作り方を明かしているのだ。私はその本を見たときに、彼らの自信と、そして大らかさにうたれた。だからあのお店は新宿の真ん中でいつまでもいつまでもしっかりと混んでいるのだな、と思った。

36

ともだちが週に一回ベビーシッターをしてくれる際に、彼が住んでいる「パンの激戦区」代々木上原のいろいろなパン屋さんのパンを買ってきてくれる。おかげで私はだんだんあの地のパンにくわしくなってきた。

さすが激戦区で、サンドイッチの具もどんどん進化している。

豚肉とにんじんと香菜《シャンツァイ》のちょっとすっぱい味がするのとか、生ハムとほんの少しのゴルゴンゾーラチーズとか、くるみとブルーチーズとか、少し前の日本では考えられなかったような組み合わせがある。

時代が変わったなあ！と私はおばさんらしくしきりに感心してしまうし、ハムとチーズもしくはタマゴ、もしくはトマトときゅうり、という時代から今の時代までちゃんとついてきた自分の食いしん坊な舌にも感謝している。

たまに上原に行って、パン屋さんの看板を見ると「あ、ここはあのカレーパンがあるところだ」「ここはあのドーナツの店だ」などと、入ったこともないのにおなじみの気持ちがして、すごく不思議だ。

ちょっとだけ住んだことがあるような幻がしばしば心をよぎり、あ、そうか、彼が買ってきてくれてるんだ、とまた気持ちがあたたかくなる。

37

姉が興奮した感じで「まいたけがとれた！」とキノコの写真を送ってきた。

確かに写真のキノコはまいたけに見えるが、どこでとれたのだかわからないではないか、と質問したら、ずっと前にまいたけ株を群馬からもらったので植えてみたが、なんともならないので放っておいて、すっかり忘れていた。そして秋の長雨のあとふと庭に出てみたら、驚くほどのまいたけがとれたのだ、と言う。

おいしいというので送ってもらったら、確かにおいしいけれど、なんとなくうちの実家の庭のしめった感じとか、となりが墓場だとかいうことが頭をよぎって、キノコなのにまずくなるくらい洗ってしまった。

でもよく考えてみたら、売ってるやつだってどういうところで育ってるか誰も保証してくれてないし、うちの庭だって猫は通るけど汚れてるわけでもない。露地物そして無農薬なはずなのである！

私たちって売ってるものを無条件に信頼してるんだなあ、としみじみしながらまいたけごはんとかまいたけバター炒めとかを毎日食べている。

38

小学校で体験したいろいろな不条理なできごとの中でも最高に先生が失敗していたな、と思うものは、みなが給食のときにあまりにも牛乳の瓶を倒してこぼすので、先生が道徳の本か何かを見て考え出した作戦「牛乳をこぼしたら、その場で自己申告してあやまり、トレーにこぼれた牛乳を口をつけてみんなの前で飲む」というものだった。小学生のときのことだった。

ものを大切にすることを教えたいだけなら、こぼしたら飲めなくなるということや、牛乳がここに届くまでの手間について教えるのを徹底させればいいし、万が一牛乳が嫌いでわざとこぼす人がいるなら、とにかくそのことがよくないということをよく教えた上でもっと飲みたい人にあげるようにすればいいし、とにかくいろいろなやりようがあるのに、「罰」を食事の時間に持ってくるというのはどうかと当時も思ったし、今も思う。

それにこぼれるときの事情も毎回違う気がする。はしゃいでこぼしたのなら悪いことかもしれないが、人が袖にひっかけてこぼしたとか、ほんとうにうっかりしたとか、その全部の子どもたちがいっぺんに「みんなの前でトレーに口をつけて一口だけ飲む」ことになるなんて、どう考えても変ではないか。

先生がものすごく深刻な顔で「みながあまりにも牛乳を粗末にするから、先生は決心しました」とそれを言い出したあの雰囲気も、いやだった。みんな牛乳をかけっこしてたわけでもないし、わざとトイレに流していたわけでもない。たまたまこぼす人がいただけなのだ。

私が教育の失敗例として今でも覚えているくらいだから、先生も今頃「あれは失敗だったな」と思っているような気がしてならない。そうであってほしい。

39

知人の家に遊びに行ったら、ほやのへそというものが出てきた。ほやからあのぐにゃっとしたところをのぞいてあのおいしい味だけ残したようなおいしさだった。実際には、ほやにはもちろんへそはなく、頭のところだというけれど、その楕円形のものをへそと名付けた漁師さんたちのセンスはすてきだなと思った。

そのおうちのご家族といっしょにほやのへそや、大皿に盛られたさんまやかつおの刺身や、スペアリブや、中華風サラダやなすの煮びたしをいただいた。おいしくて、にぎやかで、楽しかった。

私たちの世代のおもてなしの形ってあるなあ、となんとなく嬉しかった。それはごはんを作ったその家の奥さんもあとから楽しく席につけるような形だ。最後にへとへとになって「ふう」とやってきて、ほとんどなにもないところに腰をおろすのではなく、時間がたってもおいしく食べられるものを、好きなときに好きなように食べられるように並べておく形……しかもそれが和食であるところも、いいなあと思う。

その家には大きな犬がいて、テーブルの上のものを食べてしまったりはしないのだけれど、じっと、じっと見ている。なにかくれそうな人のわきにじっとすわって、手の動きをずっと見つめる。

うちにもついこのあいだまで大きな犬がいたので、その圧力が懐かしかった。

赤ん坊がいて大変なときは、その大きな犬がいつでもよだれをだらだらたらしながら膝にあごを乗せてきて、ぐいぐい押して食べ物をねだるので「ああ、育児で疲れているのにな、もう少し落ち着いて食べたいな」と思った。いつでも服のひざのところがよだれだらけで、毎回拭くのが大変だよ、と思ったこともあった。

でも、犬が死んで、よそのうちの犬が全く同じ感じで精神的にも距離的にも圧をかけてきて、その熱い鼻息がかかる感じも同じだったとき、私と夫はとても懐かしく思い、もう一度でいいからあれをあの子にやってほしいな、と思った。

最後のほう愛犬はいつも口から血が出ていたのだが、血のよだれがついたズボンを私は捨てることができないでずっと取ってある。もうなにをつけてもいいから、もう一度膝に頭を乗せてほしい。

生き物が寿命で死ぬのはきっと悲しいことではないのだと思う。自然なことだし、思い出はいつまでも心をあたためる。この人生で、あの子と会えないよりも会えたほうが絶対によかったのだ。

それでも私はそのとき切なくて切なくて、もう一度でいいからうちの犬に触りたいと思った。普段はもうあの子がいたことを忘れて暮らしているのに、大きな犬が家の中にいる家にいったことで、感触の思い出がずるずるとよみがえってきた。触れるということはなんとすごいことなのだろう、と思った。

私はさすがにお刺身やほやのへそはあげなかったけれど、スペアリブの味をよく噛んでみんな抜いてから、口から出した細かいかけらをちびちびとその犬にあげた。手が犬の口の中に入り、べたべたしても嬉しくてしかたなかった。

「これほど犬好きな人が来ることも珍しいから、よかったね！」と言って、その家のおじょうさんは犬に抱きついて、床に寝転がっていた。おじょうさんもいつかその犬と別れ、そして同じように「でも会えて、いっしょに暮らせてよかった」と思うのだろう。その日までは、たとえすごくしつこくされてうっとうしいことがあったり、よだれや毛で服が汚れても、思い切り触ってほしい、そう思った。

40

『修道院のレシピ』（猪本典子訳、企画、構成　朝日出版社）を買った。

前から気になっていた本だったのだが、昨日、私が気に入っている銀座松坂屋地下二階の本のセレクトショップにあったので、もう絶対に買わなくちゃ、と思って買ったのだった。そこの本は現代の女性であれば、どの本を買っても時間の損をしないようにすばらしくセレクトされているのだった。

この本には五百以上のレシピが載っている。一九五五年に一度だけ出版されたもので、ブルターニュ地方の修道院のシスターたちが自分たちの知識を全部盛り込んで書いたものだそうだ。この本をサンフランシスコの友人の家で見つけて以来、猪本さんは執念深くこの本の版元をたどり、ついに日本で出版したそうである。

これは、すばらしいことだと思う。

また、普通はこの中から日本人に合いそうなレシピを選んで、写真をつけて出版したいと思うだろう。普通は、出版社の人も売るためにはそう言うだろう。でも、猪本さんはそんなことをしたくなかったのだろう。文化を丸ごとのこすというのは、そういうことなのだと思う。この一見無駄でわかりにくいような部分が、この本が各家庭で長い間生きていくための条件なのだ。

写真は数点だけ、あとはレシピがひたすら忠実に全部再現されている。この一冊でフランス料理のなんたるかがわかるようにもなっているし、これがあればなにもなくてもフランスの家庭料理は作れるようになるだろう。

この本の価値がわかったのは、猪本さんがパリで十年暮らしていたからだろうと思う。体にフランスの味がしみこんでいるのだろう。これをそのまま出版するという英断に、感謝したい。

すばらしい本、すばらしい考え方との出会いだった。

何回もパリやフランスの田舎町に行っている私だが、その時ではなく、今、初めて私の人生にほんとうにフランスの味が入ってきたのだと思う。

思わず、ブルターニュ地方出身の年上の友人にもう一冊買ってプレゼントしてしまった。きっと懐かしいだろうと思う。

41

昔の彼氏のお父さん、實さんとのあいだにはほんとうにいろいろなことがあった。憎しみも愛も家族の気持ちも彼の病気を心配する心も、みんな味わった。

實さんは山小屋でひとりでいるときに亡くなったのだが、ひとりで山小屋にいるときに死にたい、と言っていたので、きっと悔いはないだろうと思う。

その山小屋でよくいっしょにごはんを食べた。餃子やコロッケや卵焼きや焼き鳥や鍋など、實さんの奥さんや實さんに横恋慕していた近所のおばちゃんが作ってくれた家庭料理の数々を、その時々にいたみんなで食べたのだった。

フライヤーがあったので、お肉とたまねぎをひたすら串に刺して、そのご家族と私と私のともだちと、みんなでオイルフォンデュ形式で串揚げをしたことがある。

今、みんなで作ったあの串揚げを思うと、どんな名店にも勝るとも劣らない幸せな味が浮かんでくる。一番大事なのはそこにいた家族みんなの笑顔だった。實さんはにこにこしながら串にお肉とたまねぎを刺していた。私たちも手伝った。目の前で揚げて、ぱくぱく食べた。

實さんの娘さんが、亡くなっている實さんを初めに発見した。泣きながら電話をしてきて「もう、どうしようかと思った。他の人が来るまで。目の前でお父さんは死んでるし」と言っていた。でも、お父さんの汚れた口元をきれいにしてあげてから、思わずほっぺにチュウをしたと言っていた。

私はそのときあまりに動揺してしまって、泣くに泣けなかったけれど、二週間後のある午後、實さんの作ったモビールが天井できれいに揺れているのを見たら、もうどうしようもなく泣けてきて、葬儀を終えてひと息ついていたご家族に電話しておいおい泣いてしまった。元彼氏と別れるときもめてしまったので、そのご家族と私の間にももちろん複雑なことがいろいろあった。でも、電話口に出てきたみんなといっしょにおいおい泣いているうちに、わだかまりがなくなってしまった。

普通、ただ泣くためだけにその遺族に電話するなんてこと、私はしない。迷惑だろうし、他人にそんなことされてもいやだろう、と思うからだ。でも、そのときはもうなんのためらいもなく、ただ電話して泣いた。他の感情も気遣いも一切なかった。それがたまたま相手にも通じてしまった。代わる代わる電話に出てきたご家族はみんな私の泣いているのにびっくりしながらも、いっしょに泣いた。

あれは、天国の實さんの計らいだったのだろうとなんとなく思っている。

私の誕生日の翌日に亡くなった彼の最後のメールが、ご家族から送られてきた。

「お誕生日おめでとう、チビちゃんはどうですか？こちらは山にいます」と書いてあった。

書いたときはまだ生きてたんだ、そう思うとたまらなかった。

返事を書いても届かないのに、私は返信してみた。

「長い間苦しい病気だったのに、いつも笑顔で楽しい思い出を作ってくださり、ありがとうございます。實お父さんのこと、一生忘れません」

きっと届いたと思う。

空を見上げて鷹やとんびが大好きだった實さんのことを思っていると、いつでも不思議なことに、山のほうからとんびが降りてくる。そのたびに私は幸せになり、いっしょに食べたいろいろなごはんのことを思い出す。思い出は死なない。私が向こうに行ったらきっとまたいっしょにごはんを食べられる。だからできごとはなんでもむだじゃないのだ。

42

松見坂のところに、深夜までやっていていつも混んでいる洋食屋さんがある。

こんな時間にどうしてこんなにおいしいものを？と思うくらい、なんでもおいしい。そして四十代の私たち夫婦にとって、このお店の味はごちそうの原点の味なのだ。バターと、クリームと、こしょうと、ふんだんな肉や貝や魚。

おじさんもおばさんも若者も業界人も近所の人もみんな来る。わけありの人もいやしんぼうもみんな満足できる。量も注文しだいで調節できる。お姉さんはてきぱきにこにこしていて、機転がきくし、お母さんはふっくらしてどっしりしていて観音様みたいな顔をしている。お父さんはひとりでお料理を作っているが、すばらしい動きでフライパンを振っている。常連さんには特別優しいけれど、初めての人にも居心地がいい。

私と夫は太くてふっくらしたアスパラの炒め（絶品のバターソースがかかっている）とカニコロッケとエビグラタンとチキンピラフと名物スープ（アサリとトマトとクリームの味）をぺろりと食べてしまった。おいしくて懐かしくてだ。

夜中にここの電気がこうこうとついていると、自分が食べない日でも心がふわっと温かくなる。中のざわめきや決してものすごく現代風のセンスとはいえないけれど懐かしい雰囲気が伝わってくるような気がする。こういう店こそ表彰されるべきだと思うけれど、お客さんが常に絶えないことが、きっと表彰なのだろうと思う。

43

台湾で衝撃の薬膳スープを飲んだ。

みなが風邪気味で喉が痛かったり鼻をたらしていたりしたので、あたたまるものがいいね、とガイドブックを見ていたら、鶏だしの真っ黒い薬膳スープが載っていた。

私と旅のメンバー他数名は、前にそれにそっくりな鍋を囲んだことがあった。ひとつは羊の煮込みと漢方でできていて、もうひとつは黒くて烏骨鶏《うこっけい》という鶏が入っていて、当帰《とうき》という薬効の高い植物も入っていて、栄養満点な上に、なんとおいしかったのだ。

写真で見ると全く見た目が同じだから、きっと同じ感じだろう、あのときも風邪が治ったしいいんじゃない？なんて言って、みんなではりきってそのお店に向かった。

お店はぴかぴかで明るく、個室に区切られていてメニューは薬膳スープしかなかった。

はじめに日本語で書かれた効能書きが出てきた。このスープは空腹時にお椀三杯飲むのが基本だということだった。それで新陳代謝が良くなり、糖尿病にもいいし、ダイエットにもなるし……などなど。五十数種類の漢方の具が煮込まれている。体調が悪い人は少しだるくなったりしますが、好転反応だから問題はないとも書いてあった。そして中に含まれている成分が揮発しているだけで、お酒は一切入っていないというニュアンスのことも書いてあった気がする。

しかーし！

やってきたものの見た目はあのおいしい鶏スープに似ていたが、味のほうは一言で言うと、アルコール度数四十度以上の蛇酒のような感じであった。苦く、酒臭く、ぬるくなればなるほどどんどんまずくなってくる。とにかくどうしても喉を入っていかない。

ビールを注文しようとしたら、ないという。他の酒類もない。酒で流し込むことはもうできない。みなますます暗澹とした。

そしてほんのちょっぴりのゆがいた青菜がやってきたのだが、ほっとしたのもつかの間、それをつけて食べろというタレが、生にんにくをぎゅっとたくさん何日も漬け込んだ感じの、超にんにく味のとろりとしたおしょうゆであった。ひとなめで自分がにんにく爆弾になったのがわかった。

そして鍋以外の唯一の食物、それはだらりとゆで過ぎたそうめんに油がかかっているものであった。

しだいになぜかみんな陽気になってきて、げらげら笑い出した。

気づくと隣の席の知らない人もげらげら笑っている。どうもこのアルコール分でハイになるようだ。絶対にお酒が入っていると確信した。

そして突然目の前のともだちが鼻血を出した。それを見てにこにこうなずく店の人たち……なんだかとってもこわいが、よくあることらしい。

トイレに行ってみたらでっかい「嘔吐槽」と書いてある流しがあり、さもありなん、と思った。この国の人であっても、やっぱりあれをさくさく飲んで消化することはできないらしい。

その日の夜から、鼻血、頭痛、大下痢などがそれぞれを襲ってきた。大丈夫だったのは風邪をひいていなかった若い男の子ひとりと、あまりにも厳しい味なので一杯しか飲めない、と言って一杯しか飲まなかった中年一名だけだった。

帰国して一週間たっても、なんとなく下痢や頭痛があるし、微熱のある人、まだ鼻血がたまに出る人などいろいろであった。

「きっと、これが終わったらすっかり浄化されるんだよ……」とお互いになぐさめあっているが、あれを日常的に飲んでパワーに変えている人たちがいると思うと、そのたくましさを思うと、リアルな感動を覚える。

確かにきっとすごい効果があるものなのだろうが、とにかく強すぎる。

台湾での足裏マッサージも、鍼《はり》も経験しているけれど、これほどではないにしろ、みな同じ印象を得た。強くて、どんどんパワーを注ぎ込んできて、それが体の中でぐるぐる回って、むりやり治る、そういう感じなのだ。

日本人みたいに、繊細な癒しではないのだな？

ついつい国民性のことを真剣に考えてしまった。

44

みんな風邪気味でげほごほ言っていたら、お手伝いさんのMさんが「ブラジルのかぜ薬を作ってあげようか？」と言い出した。興味しんしんで私と陽子さんは待っていた。

Mさんは若い頃ブラジルで農園をやっていて、ちょっとした風邪のときはその飲み物で治してしまったし、風邪引きそう、となるとすぐにそれを飲んだそうだ。

にんにくのみじん切りと、レモンと、塩を入れたカップに熱湯を注ぐその熱い飲み物はめちゃくちゃにんにく臭いはずなのに、なんだかおいしいスープのようですっと飲んでしまった。思ったよりもにんにくがあとをひかず、あまり匂わない。そして体がほかほかしてきて、活気が戻ってくるようだった。

チビだけは「まじゅ〜い」と言ってあまり飲まなかったけれど、私たちはおかわりしたいくらいにおいしく感じた。なによりも、作ってあげようというその気持ちが嬉しかったのかもしれない。実際に風邪は治ってしまった。

民間療法は効くものだ、というだけではなくって、Mさんのおふくろの味みたいなものが私たちを温めたという要素も大いにあると思う。

西洋の薬を、私は否定しない。体が弱い私の母は、きっと薬がなかったら今頃もうこの世にはいない、そういう気がするからだ。使うべき時にきりっと使う、そうすれば薬のすばらしい恩恵にあずかることができる。でもそれも全て、それを差し出してくれる温かい手やどれをどのくらい飲むかという信頼できる判断があってのことだろう。

うちの近所に、ものすごく強い薬をバンバン出すお医者さんがいる。

そこに行くと、帰りに直行した調剤薬局で全部で十種類くらいの強い薬を買い、全部を食後に飲むことになる。吐いていれば吐き止め、咳をしていたら咳止め、アレルギーがあればかゆみ止め、胃薬、解熱剤、抗生物質……。それでスタッフが足りないからここでは点滴ができないなどと言っている。薬が効く（それだけ飲めばそりゃどれかしらは効くだろう）ので、いつも満員のその病院だが、そこには医者はいない、そんなふうに思ってしまった。大量の薬をとにかくがむしゃらに処方する人がいる。そんな感じだ。

もしも私がもっと愛情深かったら、とことんぶつかってコミュニケーションを取り、先生の心に食い込むだろうか？それとも縁がないのだから関係ないと去るのが互いのためなのか。そういうことではいつでもちょっとだけ悩む。同じ人間で、目の前にいる人を楽にしたい、治したいという気持ちにはうそがないのだろうから。

ただ、自分を含めた大事な命たちをそこに一瞬でもあずけることができるか、それを考えると、どうしてもその病院にはいつのまにか足が向かなくなってしまうのだった。

「もう一回診たいから、あさって必ず来てくださいね！絶対に薬はみんな飲ませてね！」とたたきつけるように言ったその声を、愛ゆえの厳しさとはどうしても思えないのだ。

45

台湾の小龍包《シヤオロンポー》の名店が、次々日本にオープンしている。

私も、嬉しくて何回か足を運んだ。でも、なんか違うのである。湿度なのか、点心のはけ具合で微妙に待ちの時間ができるからなのか、わからない。確かに全部が同じだな？と思うのである。でも、違うのだ。

台湾といちばん違うところは、日本では小龍包をお酒のつまみにしている人がとても多いということだと思う。向こうでは晩ごはんであり、おやつであり、軽食であり、最後の最後につまみの要素が入ってくる、そんな感じがした。

店の中の空気がきりっとしていて、みんな明るいところでさくさくと食べている、そういう感じが日本にはなくって、すごく飲んじゃってるから、なんとなくだらっとしている。お年寄りが少ないのもちょっと切ないところだ。

やっぱり空気だけは、持ってくることができないんだなあ、と思った。

ネパールに行ったとき、道ばたで、おばあさんがチャイを作って売っていた。よく考えたら買わないかも、という衛生状態のチャイであった。道ばたの低い位置で古そうなアルミの鍋でがんがん作られ、そこを牛や馬がほこりをたてて通っている。おばあさんの手は真っ黒。

でも、素焼きのかわいい茶碗に入っていたその熱いチャイは、考えられないくらいおいしかった。

あの乾いた風、馬糞の匂い、土埃、からりとした薄い高地の空気、真っ青な空、はるか向こうにはきらきらと光る雪山……みたいなところでないと、あの味にならないのだろう。

46

名物にうまいものなし、というが、はじめて現地で食べた名古屋の「ひつまぶし」はほんとうにおいしかった。

自分がいやしんぼだからわかるのだが、おいしいものを、どうやったらいつまでも、何回もおいしく楽しめるか、ということがあのひとつのお盆の上に凝縮されているのだ。はじめはそのまま、二回目は薬味を使って、三回目はおだしを使って、四回目はいちばん好きな食べ方で、というのを聞いてはいたけれど、こんなには絶対むりと思ったあれだけ大量のうなぎとごはんをその方法でならぺろりと食べられるのにびっくりしてしまった。

あの半分の量のごはんでも、だしをちょっとくらいけちっても、おつけものを半分にしても、同じ値段できっといけるだろうと思う。でも、いくら人気が出てもそんなことはしないで、なにもかもふんだんに、しかも下品でなく盛られている。

人気の秘密を見て、豊かな気持ちになった。

ともだちにいたっては、あのおひつをどうしても手に入れると言って、知人からゲットしていた。今頃なにに使っているのかわからないけれど、その行動はきっとおいしかった証拠だと思う。

47

姉のコロッケはほんとうにおいしいのだ。

子どもの頃に食べた近所の肉屋さんの揚げたてコロッケと私の中では甲乙つけがたい魅力。あの肉屋さんのおじさんとうちの姉が死んだら、私の人生、もう一生コロッケを食べなくていいかも、というくらいだ。

姉に作り方を聞いて同じように作ってみても、姉が作ったみたいにふわっとしたおいしいものにはならない。誰もがそう思っている、かなりの名作だ。年々おいしくなっているような気さえする。

うんと若い頃、気持ちが外へ外へと向かうときにはわからなかったおいしさだった。外へ外へ向かっていると、お金を出して買えないものはないというふうに錯覚してしまうことがある。

でも、家庭料理というもののものすごさは、それこそがこの世の中を作って回し、育ててきたおいしさだ、そして唯一絶対そこにしかなく、その人が死んだらもう残せない味わいということだと思う。
うちの子どももきっと思春期になり、家で食べるのに飽き飽きして、さんざん買い食いをしたり学校帰りに外食をしたりジャンクフードを食べたりして、くるりと一回転してから、いつかこのことに気づくのだろう。

48

銀座のガード下にあった、明らかに建築法違反っていう感じのお店がどんどん消えていく。淋しい、下北沢と同じくらいに淋しい状況だ。見た目は悪いかもしれないし、安全ではないかもしれない。でも、なんとか雰囲気を残しながら改装できないのだろうか。人には、どうしてもそういうちょっと寂れたものの中でくつろぐ習性があると感じるのだけれど。

ちょっとかびくさくて、ほこりっぽくて、窓なんかなくて、ものすごくおいしいわけでもなく、ものすごい美人がいるわけでもなく、かっこいいおじさんがいるわけでもなく、普通に優しい人が少しずさんにやっている、そういうお店にいるときのあのくつろぎ、居心地のよさ、あたたかさ。

でも、現代の若い人たちはその感じをあまり知らないからそういうのを求めていなくって、よくあるぴかぴかのビルの中に、なんとなく見知ったお店があって、そこそこの味でまあ安心、という感じなのだろう。

私から見たら「高い！まずい！」がスタンダードになっていくのだろう。

高い！まずい！は、私にとっては「そこそこ、でも居心地がいい、バランスがいい」よりも腹立たしいことだが、自分の世代ではない人たちの感覚では、小さい頃からなじんでいる感じというのは、あの感じなのだろうな。ショッピングセンターみたいなところにくっついているそこそこの店の感じ。飲食以外の会社が経営している、マニュアルのあるお店。

ものごとが変わっていくのは、止められない。若い人でも高架下のお店が大好きな人はいるし、あえてそういうお店を開く人たちもいっぱいいる。だから少し別の形でもあの感じはちゃんと残っていくのだろうし。

せめて自分の家のごはんは変わらずに、同じ雰囲気で、と思う。うちの子どもがどれだけ大きくなっても、懐かしく思うような感じで。ただひたすらにそういうふうに思う。

がんばって作るとか、いやでも疲れていても手作りのものを、というのではなくて、くつろいで楽しい雰囲気が残ればいいのだと思う。つろいで楽しい雰囲気でいれば、まずいものは自然になくなっていくものだ。

出産後、しばらく歩けなかったのでデパ地下のお弁当ばかり食べていたが、どんなにおいしいお弁当でも、やはり家のごはんにはかなわない。どんなに珍しい野菜が色とりどりにたくさん入っていても、手間ひまかけたおかずが入っていても、時間がたっているというだけでまずくなっている。家でただゆでただけのブロッコリーにさえもかなわないのだ。

私が高校生くらいの時、家族の状態は最高に悪く、私は食事中ほとんど口をきかなかったと思う。末っ子は道化の役をどうしてもやるものだが、あまりにも問題が山積みでそれができないくらい重かったのだろうと思う。ほとんど無意識でテーブルに向かっていた。ごちそうさまもろくに言わなかったし、家族に話しかけることもなかったと思う。

後悔はしていないけれど、あの頃の不安だった自分には「未来を信じろ」と言ってやりたい。そして今日一日のテーブルをもっと大事にしろ、笑顔を家族に向けろと。

49

ともだちのMさんは、パンを焼いて定期的に送ってくれる。

前にもそのパンについては書いた。実にていねいにおいしく作ってあるパンだ。申し訳ていどに材料費を払うのだけれど、もうけは出てないだろうなあ、と思う手間のかかりかただ。

チョコがくるりと入っている食パンや、ハーブがのったフォカッチャ、ベーグル、うさぎの形のパン、ソーセージロール、さくさくのコーンブレッド、グリーンのレーズンがたくさん入ったマフィンの形のパン、カレーが練り込んであって、スパイシーなカレーパンや、クルミがたくさん入ったパンや、レモンピールのパン、桜あんパンや、いちじくのジャムがきれいに巻き込んであるのや、バジルとチーズのパン、ごまときなこのパン、チーズのスティックパン、スコーン……いろいろな種類が、売っているのと同じくらいのクオリティで届く。最近うちのチビはMさんのパンが届くと「その箱、パン？」と聞くようになった。

Mさんが汗をかきながら、家のキッチンで綿密に順を追い、ていねいにパンを作っているところを想像すると、あまりの美しさと色っぽさになんだかどきどきしてしまう。こんなおいしいものが日常にあるなんてぜいたくだなあ、と思って、いつもすぐに食べない分は冷凍して、とにかくおいしく最後まで食べる。そういうとき、私はともだちの時間をいただいているのだなあ、と実感する。作った人がわかる食べ物のすばらしさってそういうところかもしれない。

50

根津に、はん亭という串揚げ屋さんがある。

そのお店は私が小さい頃からあって、建物も明治時代から続いている木造の三階建てというたいへん貴重なものだ。

はん亭はとてもおいしく、人気があるからもちろん支店もある。いつも新鮮な具材をすばらしい組み合わせで揚げているし、清潔だし、お店の人も感じがいい。

しかし、それだけではないのだ。このお店は味も店の人も建物も全部ひっくるめて偉大な店だ、文化的遺産だ、そう思う。

私は中学生くらいから四十過ぎまで機会があれば、いつでもこのお店に通い、この味を愛してきた。通えば通うほどに老舗というものの偉大さ、江戸っ子の気さくさのすばらしさが、年を追うごとにわかってくる。

今あとをついでいる若旦那さんは、確か文京六中か文林中学出身だという（ローカルだなあ）噂を聞いたこともある。知人と同じクラスだったこともある。彼は全く同じエリアで育ってきた、同じくらいの年の人なのだろう。

昔から老舗なのに堅苦しさはまるでなく、Gパンの人や会社帰りの人が気楽にやってくるところもすばらしいし、服や見た目で人を差別したり優遇することもない店だったが、次の代になるとどうなるのだろうか、と私は先代のときに思っていた。というのも私の地元の下町では、次の代が店をだめにする話が、次の代でますます栄えたという話よりも多いような感じだったのだ。

母のお見舞いの帰りに、けっこう遅くなってしまったし、はん亭でちょっと串揚げをつまんでいく？と夫と私とチビで久しぶりに訪れてみたときのことだった。

予約なしの子連れなのに、全然いやな顔もせず、店の人は席に通してくれた。チビには子ども用の椅子のかわりに重ねたざぶとんを用意してくれた。ソースはからし抜きだったし、みそのかわりにケチャップを出してくれた。そういう機転がきく人たちがどんどん減っているこのマニュアル社会なんだけれど、ここではそんなことはなくって、感謝したくなった。

厨房の若旦那さんは、うちのチビを見て、さっとうずらのタマゴとさつまいもの串揚げを揚げてくれた。そして「いい子にしてるから、サービスですよ」とおかみさんが持ってきてくれた。

たまに厨房から、いろいろ無茶を言うお客さんに対してのちょっとしたコメントが聞こえてくるのだが、しらじらしくもなく、本音なのにウィットにとんだ、愛に満ちたものだった。「いくら遅れていらしたからって、ついていきなりラストオーダーっていうのも悪いよ、うそでもいいからちょっと間をおいてあげて」とか、そういう感じ。ああ、江戸っ子の感じだな、となつかしく思った。

そして店員さんが忙しすぎて見あたらないと、若旦那さんは揚げたての串を放っておけなくて、自分で席まで持ってきてくれてしまう。仕事を愛してるんだな、と私は思った。

同じくらいの年の私には、彼の心に秘めたものがなんとなくわかる。

親と全く同じやり方で維持していく、ということがどんなに大変かもわかる。串揚げのメニューは季節では変わることもあるが、ほとんどずうっと同じものだ。飽きることなく揚げ続け、その品のいい量と質の高さを保つのは、ほんとうに大変なことだと思う。味が落ちたら、昔からの人はすぐに来なくなるだろう。それを認めた上で、後を継いでいこうと思った彼の利発さに、私は打たれた。

若いうちは「未来は無限だ」と思うし、実際ある程度その通りなのだが、未来が無限であるのと同じくらいにある部分で限定されているという事実を知るのは、ほんとうに中年になってからだろう。親が作ってくれたものをただ継ぐ、というのは親が偉大であればあるほどに大変なことでやりがいもあるのだというのを本当に悟るのも、とてもむつかしいことだ。若いうちはなんでも自分のやり方でやりたいものだからだ。あの若旦那さんは、本気で店を続けていきたいし、串揚げを愛しているのだな、と思う。

人は味とかお金とか場所の豪華さとかだけで心動くのではなく、人によって、人がそのものに注いだ愛によって動くのだな、と思う。

……な〜んて、事情も知らないで書いているから、ほんとうはあの若旦那さんが先代の息子さんなのかどうかもわからないんだけれど。いずれにしても、すばらしい店が今日も根津でみんなにおいしいものを食べさせてくれていて、店の中は活気に満ちているということだけは確かなのです。

51

前にも少し書いたけれど、はじめ、お手伝いさんをついに導入せざるをえなくなったとき、これまでなんでも自分だけでやってきた私は敗北感を覚えた。

そして不安になり、多分上からものを言うような、こちらのつごうを全面的に押しつけるような感じからスタートしたと思う。自分でも家事のことで人を雇うのがいやだから、状況全体を無意識のうちに否定していたのだろう。そのことに深く触れたくないような気分だったと記憶している。

ブラジル帰りのMさんはなんとなくうちのおばあちゃんに顔が似ていて、気が強いところもさばさばしたところも、でも心の中はとてもデリケートなところも、おしゃれなところもなんとなくなつかしい人だ。

Mさんはコーヒーが好きなので、いつの頃からかMさんが来るときは十分間くらいコーヒータイムになる。といってもいつも十分くらい早めにいらっしゃるので、さぼっているわけではない。

たいていは他のベビーシッターさんもいるので、しばしお菓子など食べて歓談するのだが、こういう時間こそが人生の大事な時間だな、と思う。私もそこで自然に仕事が区切れ、ちょっとリフレッシュされるし、目も覚める。

人によっては「お手伝いさんのためにコーヒーを買いに行ったり、淹れたり、時間のムダじゃないか」と思うかもしれない。でもそのほんのちょっとの手間で、幸せと笑顔と余裕と休息がえられる。そのつみかさねが、やがてほんとうに困ったときにお互いに助けあう土台を作る。もちろん見返りを期待しているのではない。そしてもちろん信用できる人としか、そんな時間は作れない。それは単なるめぐりあいなのだ。仕事が好きで、人として曲がったことをしたくない、そういう人を捜す。育ってきた土壌が違っても、全てがかみあわなくても、その仕事の世界の中では、仲良くいられる。完璧を求めない、自分も完璧ではないから。そういうことを学ぶ。

コーヒーを買うとき、いつもMさんの笑顔が浮かぶ。どうせ自分の家の分を買いに行くので、わざわざ行くわけではない。おいしい豆を買うようになったので、ほかの人も喜ぶ。ほんのちょっとの出費で幸せが増える。

「いつも豆を用意してないといけないし、お金もかかる」これが感情的貧乏の悪循環の始まりだ。人間同士はお互いに通じ合ってさえいれば「ごめん！今日はコーヒー買ってなかった」「あっ、そうですか」ですむ。そしておいしいお茶でも飲めばいい。そこでいやな顔をするような人とは、初めからご縁がないから。

いくらお金をもらっているといっても、人の家を掃除するのは大変な仕事だ。一度でも人の家を掃除してみるとわかる。よくお手伝いさんのいる家の子どもがお手伝いさんを差別して見下したようなことを言う、というのを見聞きするけれど、それは最低のことだと思う。その子どもは親を見てそうしているのであって、もしそういう様子が見えたら自分を恥じるべきだ。

そんな甘いことを言っていていつかそのうちの誰かになにか盗まれたりしたらどうするんだ、と言う人がこれまたたまにいるが、そんなことを言っていたら誰も家に入れられない。そんなことが起きたら自分の人を見る目を反省するしかない。冷たく人を見下すよりもずっといい。その人生よりもいろいろともめたほうがずっといい。

私はMさんにブラジルの料理も教わったし、庭の木の世話の仕方も教わった。ただお手伝いさんとして「トラブルが起こらないように」と冷たく接していたら、知らなかったたくさんのことがある。

そして、これまでの数少ない経験からでもわかるのは、プロでない人はだめだな、ということ。家の中にいる人だから、身内に近ければ近いほど甘えが出るのでおそろしい事件が起こるのだ。プロというのはどの世界でも、バランスの取り方がうまいと思う。ちょっとした失敗をすると、つべこべ言わずにそのあとすぐに行動で取りもどす。気まずいことがあると、面と向かって言い、すぐに修復するのがいちばん。決してためないし、あとに残さない。これもまた勉強になった。

なにかちょっと面倒なことを経験すると、その分確実になにかを勉強するようになっているなあ、と思った。人生は捨てたものではない。

でもやっぱりなまけものの私は、夢見ている。いつかまた、家族だけで部屋も汚く、だらだらと暮らせる日も来るだろうって。

52

時代が変わって、おせち料理を自分で作るおうちが少なくなった。

いろいろな料亭やお店のおせち料理のカタログがデパートに行くと積んであるからそこから気分で毎年選んで、あるいは行きつけのお店でおせちを予約して、年末に買うという人が増えたと思う。

そのことは別に嘆くようなことでもないと思う。大事なのは家族の思い出だと思うから。おぞうに他数品手作りの品があって、みんなでおせちの感想が言いあえれば、それでいいような気がする。

私の母は体が弱く、しかし責任感が人一倍強いので、年末はおせちを作るのに命をかけていたと言っても過言ではないほどだった。

今は姉が作っているが、姉はところどころ買ってきたおいしいものを取り混ぜて、バランスよくやっている。それでも大変そうなのだから、昔の人はほんとうに大変だったと思う。

母は具合が悪くても人に素直に「手伝って」と明るく甘えられるようなタイプではなか

ったので、具合が悪ければ悪いほど機嫌が悪かった。というか、明るくする余裕はなかったのだと思う。なので、子どもたちもこわいから近づきたくなくなる。それで、ますます母の機嫌が悪くなる……というふうで、大みそかは私にとって基本的におそろしい日だった。

子どもだから「おせちなんかいらない、それよりも楽しく過ごしたい」ということが言えなかったのだろうと思う。今の時代なら、買ってくることもできたのだろうけれど、当時はそんなことありえなかった。

「そんなこと言ってもそうはいかないのよ！」と言われるのもこわかったのだろう。母もあまりにも具合が悪く「手伝って、ちょっとでいいから」と言えなかったのだろう。幼い頃は楽しかったはずの大みそかが、どんどん重いものになっていった。コミュニケーションの失敗が、そこまで大きなことになるというのはよくあることだが、悲しいことだ。今になってそういうふうに思う。

昔はおせちや煮物が主婦の作品であり、年始の来客のためのもてなしの見せ場だったのだろう。時代が変わって、大事なところだけやってあとはみなで楽しめばいいということになったのは、うちのような家庭で苦しんだ私から見ると、単にいいことという気がしてならない。

実際、姉がおせち料理の後をついでからは、できあいのタンドリーチキンや生ハムが入っていたりして、けっこういいかげん。鶏も骨からだしをとるのが姉のやり方で、味もちょっとだけワイルド。でも気楽でみんな楽しく食べる。反面教師だ……。

でも怒りながらも作り続けてくれた母にはやっぱり感謝している。

みんながお風呂場のたたきにおいてある大鍋の煮物の鍋に洗ってない手をつっこんでこっそりつまみ食いするので、おとうふが腐ってしまったこととか、今となっては笑いあえるいい思い出だ。今はもう母もいっしょにそのことを笑っている。歳とともになにもかもが柔らかい思い出になっていっている、ほんとうに時間は薬だなあと思う。

53

チビはまだきちんと椅子に座って食べてはくれない。すぐに飽きて席を立ってしまう。そして残り物を全部犬に盗まれてしまい、戻ってきても「ごはんはどこ？」ということになって、泣いていた。犬たちはずっとチビが席をはずすのを待っているわけで、まだ賢さでは犬の勝ちである。

よそのおうちに行くと、うちの子が床に落としたものをあまりにもすばやく拾って食べるのでびっくりされるが、私はとても恥ずかしい。それは、うちではなにか食べ物を床に落としたら、遠くから犬が走ってきてみんな食べてしまうからついた習慣だ。

なので、落としてもすぐに拾えば食べられるというふうに、チビは思ってしまっているのである。たくましいと言えばたくましいのかもしれないけれど、情けないといえば情けないことだ。

54

忙しいとつい子どもにはいいかげんな割れないお皿で、早く冷めるように汚く切って、まるで残飯みたいなありさまのごはんを出してしまいがちになるが、子どもは深いところでは、かなり傷ついているのではないかな、と思う。

もちろんちゃんとしたお皿でフォークとナイフを使ってきちんと食べなさい、というふうには思わないけれど、ある程度きれいな盛り付けというのは必要だなと感じる。大人と同じように食べることができたら、彼らにはほこらしいみたいだ。

昨日もおぞうにを食べているとき、お餅を小さく切って小さい器に汁をちょっとだけ入れて出したら、私のきれいな器の中を何回も見て「それ、おんなじ？」と聞いていた。

違うとちょっと悲しく思うみたいだ。

昔、何かの賞のごほうびでコモ湖のほとりのすばらしいホテル、元は貴族の館であったヴィラデステに泊まったことがある。

朝食のとき、貴族の朝食を見た。だいたい、平日に朝食をあんな高級ホテルで食べるということが、昔ながらの貴族だからだと思うのだけれど。ちょうどホテルオークラに毎日朝食を食べに来る家族、というのを思い浮かべると、日本だとぴったり来る感じだと思う。

祖父母、息子娘たち、孫たちという感じの構成で、孫たちは男の子と女の子で五歳と七歳くらい、ふたりとも全身真っ白の服を着て、きちんと座って、しゃべりながら、かといってはしゃぎすぎずに食事をしていた。あの年齢の子どもに真っ白の服を着せて食事させるというのものすごいことだし、テーブルマナーや高級ホテルでしてはいけないことなどをしっかりと身につけさせるのも大変だったと思う。でも、できていた。私以上にと言っても過言ではなかった。

あれこそが階級というものだなと思うと同時に、彼らの歩んでいく、歩んでいかなくてはならない人生のことを思った。あの状態を維持するために、彼らが得ていくもの、そして捨てていくもの。アジアにはほとんどありえない、ある生き方の形。

55

みゆきちゃんは、腸の病気で何回も死にかけて、もうあまり固形物を食べられない状態になっている。

みんながごちそうを食べているのに、カロリーメイトみたいなものを一缶飲んで、ごちそうさまと言っている。それが彼の基本の食事なのだ。

その上、薬の副作用でうつ状態になったりすることもあるそうだ。

なんと気の毒なことだろう、と思う。実家から家出してきて、ひとりで東京に暮らし、ずっとバイク便の配達をしながら、人生を生き抜いてきた彼。そんなむりがたたって病気になってしまった彼。

故郷を離れた彼が、唯一言うわがままは「きなこをまぶしたお餅が食べたい」ということだけで、お正月にたまにやってきて、申し訳なさそうに姉に頼んで、きなこのお餅を作ってもらっている。

みゆきちゃんはものすごい面食いなのでお嫁さんは今のところ来ていない。しかし、なんとかならないのだろうかなあ、誰かいないのかなあ、ときなこ餅を食べている背中を見てしみじみと思った。お見合いおばさんの発祥はこういうところにあるのだな。

つらく悲しいことやどうにもならないことが重なることは、だれの人生にもあるのだろうし、他人はどうしてあげることもできない。きなこ餅を作ってあげることくらいだろう。でもきなこ餅ごときでも、ないよりは絶対にあったほうがいいのだ。それが人生を照らす小さな光でないとも限らない。

56

最近の風潮として、なんでもかんでもていねいにやるというのがある。もはや、そうしなくてはいけないと思っている人まで出てきたのにびっくりした。最近の若い人のまじめさは、胸うたれると同時に少しだけ心配なところもある。

そうじも酢とぞうきんを使っててていねいにやる。

米も優しくとぐ。ほうれん草も泥をていねいにとって、優しくゆがく。

ぞうきんからエプロンからなにからみんな手作りで、とにかく細かい。

器もいつも材質にそった方法で手入れし、鍋もぴかぴかだ。

この思想（といっても差し支えないと思う）を若い人が学ぶのは、すばらしいことだとも思う。その反面、私は、これはこれで、まじめにやりすぎると時代の病なのかも、と思う。

そうしている人がこの急ぎすぎている時代の中であまりにも輝いて見えるから当然なのだが、誰も彼もがそういうふうにするのはしんどいよな、と思う。無形のものに情熱を注ぐと、それは確かに返ってくる。家事をどうせするなら楽しく、と思った進んだ主婦たちが、楽しくなるようにと考えたあれこれのことは、すばらしい芸術だが、そうしている人は、しんから好きでそうしているのだし、生活のスタイルからすでにもうそう組み立てられている。

問題は、みながそこに行かなくちゃと思い込んで、若いまじめな人ががんばりすぎてないかどうかだけだろうな。

今は過渡期なので、目が回るほど忙しい人がわざわざ徹夜で手作りのぞうきんを縫ったり、OLで少しのひまを惜しんで読書したいのに、土鍋の前に立ってごはんがたけるのを待っていたりする。

「昔に戻ると言うことは、女性として単に昔のように不自由になることとだ」ということがすっぽり抜けている。

その時間がほんとうに好きなのなら、したほうがいいよ、とは思う。

他にすることがたくさんある人がいて、その人の家はぐちゃぐちゃでごはんを台所で一回も作ったことない、というのでも、それはそれで人生だと思う。

それをふまえた上で、好きな物で家を満たすのはとても、とても大切なことだ。

きっといろいろやっていく上で、みんながそれぞれのスタイルを見つけていく時代が来ているのだろう。昔に比べて選べる時代だというだけでもすてきなことだし、いろいろなライフスタイルの人がいて、あまりにも違う世界の人は交流しないような、細分化の時代なのかもしれない。こういうことを考えていると、いろいろ気づくことがある。

たとえば私は、忙しい。そしてしたいことがたくさんある。

動物がたくさんいるので、洗剤などの毒性にはかなり気を使っているが、それは動物のためで、多分地球のためではないと思う。

洗濯は洗濯機にお願いし、アイロンはかけない。忙しいから。したいことがあるから。アイロンが必要な服を着なくてはいけない機会が少ないから。そういうときはクリーニング屋さんに頼む。

普通の歯磨き粉は味が濃すぎるので、ぶくぶく泡がたたない自然食品店で買ったのを使っている。でも、それも多分自分のためであって、大きなことは考えてない。

ごはんは炊飯器にお願いする。水加減がちゃんとしていれば、かなりおいしくたけるし、そのあいだに仕事だってできる。

野菜は宅配で取っているが、やはりおいしいのと、買いに行くのが面倒なのが理由だ。すごく寒いときは野菜をお湯で洗っちゃう。かわいそうとか命とかいう観点で言えば、食べちゃう方がよっぽどかわいそうだし、お湯で洗って即ゆでれば、あまり違いはないし、わかるほど繊細な料理を作らない。

なんでもレンジでチンするけれど、チンしてまずくなるものは、しない。

ライフスタイルに合わせて、取捨選択は行われている。

私が編集者だったら、ＯＬだったら、主婦だったら、子どもがいなかったら、それに合わせて内容はどんどん変わるだろう。

大事なのは、それぞれが、地球とか環境とかではなく、自分自身を大事にしているかどうかではないかな、と思う。

理由のない、必然のない努力は空しい。

理由のない、必然のないおしゃれ、お掃除は空しい。

たとえば、プロのモデルは日常ではほとんどお化粧していないし、おしゃれもしていない。美容と姿勢にはものすごく気をつけているけれど。

ものすごいお化粧やおしゃれをして歩いているのは、素人さんだけだ。

ほんものの料理人は、どこのスーパーで買ったものでも、おいしいものを作る。でも、鮮度だけはよく見ている。

ほんものの作家は、パソコン一台かペンと紙があれば、小説を書く。

そんなことではないかなあ、と思う。

57

立原潮さんが恵比寿でやっていたお店「立原」はなくなってしまったが、今でもたまにふっとあのお店の酢の物や汁物や蒸した白身魚の味がよみがえってくる。

おいしいものとおいしいものを組み合わせるとどうしてもこってりしてしまうものだが、彼はほんとうにくいしんぼうなのだろう、組み合わせが絶妙だった。

アマレットの利いたぜんざいの味もよみがえってくる。

もう私の中からそれを消すことはできない、多分私が死んでもだ。

誰もいない「立原」の前を通ると、あの味が香りと共にふわっと頭をよぎる。

そして、甘い気持ちになる。いろいろなときにいろいろな人と、通い詰めたものだったなあ。おいしかったなあ。

まだ子どもだった私が、食べたさのあまり必死で大人についていって、懐石の真実を学んだお店だった。

立原さんに連絡を取って、家におしかけて作ってもらえば再現できるのは確かだ。

でも、そんなことじゃない。お店では、時間と空間と自由をいっしょに味わっているのだと思う。

立原さんのいなくなったお店のビルの入り口に立ち、これまでのいろいろな思い出をかみしめた。淋しかったけれど、あの大きな背中と手でそっと繊細な盛りつけをする立原さんの姿が心に刻まれていて、ただただありがとうと思った。

58

豆とイモが好きな息子の誕生日に、姉が豆づくしごはんを作ってくれた。

豆と豚肉の煮込みと、そら豆と、さつまいものパイと、豆ごはんだった。

息子は豆ばっかり選んで食べていた。さつまいものパイは、全部ぱくぱく食べた。

自分のために誰かが何かを作ってくれること、そのことにまだ彼は気づいていないけれど、大きくなったらこの味を懐かしく思うんだろうと思う。

姉が作ってくれたすてきなごはんはまだ登場していなかったので、私のソウルフードは、谷中銀座のお総菜だ。

父が毎日買いに行って、体の弱い母のかわりにごはんを炊き、おかずは肉をバターで炒めたものやアジの開きやゆがいたほうれんそうのおひたしで、あとは買ってきたお総菜だった。冷めたコロッケや、からっと揚がったつくねや、ウインナーや、ポテトサラダや、そういうもの。

今、自分でかなりまじめにごはんを作っていても、あの頃の父の作ったちょっと油でべたっとした食べ物や、今はもうない谷中銀座のお店のお総菜みたいなよくこなれた感じはしない。あまりにもいつも食べていたので、体がおぼえこんでしまっているだけで、欲してはいないと思う。でもたまにどうしてもあの頃に戻って、あの特別にはおいしくないいろんなもの、あの当時にお惣菜やさんのおじさんやおばさんが毎日作っていた、今はきっともうないものをばりばりと食べたい、そう思うのだ。

谷中銀座の夕方はきらきら輝いていた。お茶屋さんはお店の前でお茶を煎りまくり、魚屋さんのたるには生きたどじょうがぐるぐる泳いでいて、八百屋さんは積み上げた野菜を前にして大きな声で呼び込みをしていた。あらゆる食べ物がこうこうと照らされ、まるでお祭りみたいに見えた。私は、あの光景の勢いをいっしょに食べていたんだ、そう思う。

59

近所に大麻堂というすごいお店があり、そこのトップのおじさんは麻枝耕一さんという名前で大麻の本を書いている。道をうろうろしているさまはまさに世界をさまよう旅人だ。彼がやっている麻料理の店「麻」の料理はおいしくてヘルシー、感じがよくて子連れでも全然大丈夫なので、わりとよく行く。なにもかもが麻なのだが、よく噛むとしみじみとコクのあるナッツ類の味がする。おとうふにも野菜にも麻の実がかかっているし、麻の油が使われている。麻のコロッケとか麻のコーヒーまである。

ヘンプビールを飲んで、麻料理をもりもり食べると、なんとなく知っているような、不思議なぽわんとした感じが……。大量に食べたら、麻の実も、ちょっとだけ効果があるのかしら（かまとと）？と思うけれど、それに関しては言うほどでもない。ただ、ひたすらに便秘が治るのだ、どんなにひどいときでも、こわいくらいてきめんに治る。

よく繊維質を摂りましょう、というけれど、私がけっこうたくさん摂取していると思いこんでいる繊維質なんて、ほんとうに大したことないのではないか、毎日このくらい摂らないと、ほんとうはお通じはよくならないんじゃないか、いつもそう思う。

60

牡蠣《かき》にあたるって、ほんとうに何回体験してもすごい。

体の中に、自分とは違う生き物がいて勢力を増しどんどん乗っ取られていく感じは、インフルエンザと少し似ている。あとは単純ヘルペスウィルスが活性化しているときだ。

普通自分が弱るときは、体と精神が足並みそろえておかしくなるのだが、牡蠣にあたるときはまず体ががくっときて、精神はその少し前から微妙に別の世界に移行している。そのことはあとにならないとわからないのだが、このぼうっとした感じはなかなかシュールでこわいと思う。

今回は夫とふたりで足並みそろえてあたった。

牡蠣を食べた夜（しかもたった三個なのに、新鮮で、その上ぽん酢漬けになっていたのに）、ふたりは神宮の夜道を歩いて帰ったのを覚えている。その二日後から、ふたりともかなりひどい状態になって、一週間くらいはっきりしない体調が続いた。私は数日間は熱も高く、しっかりと寝込んだ。

牡蠣ショックをやっと通り抜けてから、車で同じ道を通った。

私「あの時、ここを歩いて帰ったけど、その時はもうお腹の中に牡蠣があったね」
夫「潜伏期間中だったね。ちょうどエイリアンのタマゴがお腹の中にある感じというか」
私「それなのにのんきに歩いていて幸せそうで、映画だったら監督とカメラを回している人と観客が全員気づいているけど、本人たちは気づいてないシーンだよね」

なにかを乗り越えた人たちみたいに、そんなことをしみじみと語り合ってしまった。

そのくらいきつい体験だし、自分では大丈夫と思っていてもいつのまにかやってくるのが牡蠣にあたるときだ。

これまでで最高にすごかったのは、二月のパリで生牡蠣を二十個くらい食べた後に襲ってきた具合の悪さだった。大勢で食べたのにあたったのは私ともうひとりだけだったので、量が問題だったのか、体調なのか、わからない。

そのときももちろん牡蠣は新鮮だった。何回も確認し、意識的にたくさんレモンをしぼって食べた。その日はなんともなかったし、次の日も元気だった。ただ、少しだけ頭がぼんやりとしていたのを覚えている。

二日後、元気いっぱいに遊びに行ったともだちの家で晩ごはんを食べながら、とてもおいしいのに、微妙に陽気になれず、なぜかワインの味だけが少しだけ違うのである。ほかのものの味は変わらないのに、ワインだけがちょっとずれているのである。おかしいなあ？と思った。そして気づいたら、眠くもないのに自分が横になっているのである。言いたいことがあるのに、なぜか口から言葉が出てこない。

その夜中から、ゲーとピーが襲ってきて、三日間寝たきりになり、絶食したのでちょっとだけ痩せた。

そんな体験をしたのなら、もう食べるのやめなよ、と本気で思う……。

これからの人生は牡蠣がない人生なのか、と思うと感慨深い。

無邪気に牡蠣を食べていた時代よ、さようなら。楽しかった！

61

はじめの頃に書いた「昆布屋の塩」が製造中止になってしまった。

ともちゃん直伝のチャーハンに凝っていたのでものすごいショックで、思わずカルディの人につめよってしまった。しかし答えは得られず、私はパッケージの名前から104を通じて「東昆」という製造元さんに電話して、なんでですか！と聞いてみた。

「職人さんがやめてしまって、同じ味を出せなくなったので」ということだった。がっかり……。

でも、職人さんはどうしてあとにレシピを残していかなかったのだろう？もめて辞めた？引き抜きがかかった？

あれこれ想像しても空しいばかりの今日この頃、あのような塩を捜して生きていくしかないのだった。

捜しに捜して結局「ろく助の塩」にたどりついた。

もちろんあの味とは全然違う。でも、かなり近い。いろんな味付け塩をなめてみるその道のりは、舌に残るあの味をたぐりよせて、なんとか再現しながらさぐっていく道のりだった。化学調味料ではなく、ちょっとピリ辛で、昆布の味がして……っていう感じで。

そのあいだ中、なんとなく楽しかった。今目の前にない味を捜していくのって、推理のようだ。

62

タイ人のタムくんとヴィーちゃんが来て、タイカレーの作り方を教えてくれるという。

私はわくわくして、いろいろなスパイスを買っておこう、この際新大久保に買いに行くのもいとわないぜ、と思って質問してみたら、なんとタイカレーペーストを使うというではないか、がくり。と思ったのもつかの間だった。

彼らから、いろいろな新事実を学んだ。

みんなは知っていることなのかもしれないけれど、私は全然知らなかった。

まずココナツミルクをお湯の中に入れて、よくかきまぜて煮立たせて、脂を出すのがとても大事なことだという。その脂はアクではないから取ってはいけないのだそうだ。おいしさがつまっているとのこと。日本人である私は、ココナツミルクからどんどん出てくる細かいそのアクをとりたくてとりたくてうずうずして発狂しそうだった。

そのあと、ちょうどインスタントコーヒーを作るような感じでカレーペーストを入れて、濃さを調整するのだ。こんな早い段階でペーストを入れるなんてとても信じられなかった。だって具も入ってないのに、カレールーを溶いちゃう、みたいな問題でしょ!?

そして野菜、にんにく、ナンプラーなどなどを適当に入れ、最後にいきなり生の肉を投入するのだ。

それもショックだった。でもそうすると肉が柔らかいままで食べられるそうだ。

日本人の感覚だとどうしても肉をさっと炒めたくなるが……。

彼らの言うには、タイ人でも炒める人はいる、でもすごく油っこくなるから、毎日の食卓に出すものはたいてい煮るだけだそうだ。そして田舎に行けばみんなスパイスから作るけれど、都会ではみんなペーストを使うよ、とのことだった。

それから決してごはんにカレーをかけて出さないことも大事だそうだ。

こんなに知らないことばっかり、違うことばっかりでいいのだろうか？

そうやって他の国の文化をがんがん吸収したあとで、そこにいて料理を習ったみんなで小さいテーブルに向かってぱくぱくいっしょに食べた。幸せなことだと思った。

63

その日本茶喫茶のお姉さんがいれるお茶は全然違う。

日本茶インストラクターの資格があるからではなく、器がすてきだからでもなく、お茶がいいからでもない。

そういう体験をある家で前にもしたことがあった。

やかんから火がはみ出していても意味はない、やかんを傷めるだけで、百害あって一理なしです、とどんなやかんの説明書にも書いてあるのに、そのおうちではぼうぼうとガスの火を強くして鉄瓶でお湯をわかしていた。

古い学校の床板を使ったその小さいお部屋の床はぴかぴかに光っていた。そして気持ちのよい春の風がベランダから入ってきていた。

「いそいでる？お茶飲んでる時間ある？」

とともだちは言った。

私はうなずいて、お茶を待った。ぼうぼうと燃えた火からわかされた熱湯で彼女は番茶をいれてくれた。そのお茶のおいしさは、部屋の整然とした雰囲気といっしょに体にしみてくるようだった。まず、目が「おいしい」と言ったのだ。

そういうのに似ている。

その日本茶喫茶のお姉さんがいれるお茶はいつでも甘くて、熱すぎず、目が覚めるようなおいしさなのだった。

ある日、チビといっしょにそのお店に行き、座ってお茶を待っていた。

チビは小さなまな板と小さなパイナップルとキウイがさくっと切れるままごとセットを持っていた。そして、くりかえし三センチほどの小さな小さなナイフでその果物を切っていた。

お姉さんはお茶を持ってきて言った。

「うわ〜、それって切れるんですか？ちょっとやらせて」

そしてその器用な手で、三センチのまな板の上に二センチのキウイを載せ、三センチのナイフでさくっと切った。なんだかお姉さんの手にかかると、そこに突然キウイの甘い香りがしてきたような気がした。

これが魔法の手ってものなんだよな、と私は思った。

64

母はとにかく食べることに興味がない。

整体の野口先生は、弱っているときには食べないことが体の欲するところであり、健康を取りもどすための働きだ、食べなければ渇望が起こり、要求が生まれ、生きる気力がわいてくる、というようなことをおっしゃっているが、あの時代にそういうことを口にするとはすごい人だったのだな、と思う。

そして、この思想の中には「それでもだめなものは、自然にまかせて死ぬということが健康の意味である」という切り捨て感があり、それが未だに彼の思想に反発をおぼえる人が多い最大の論点だろうと思う。当時は死ということがまだ身近にある時代だったのだ。

当時はみんなが飢えていて、食べることこそ良きことであり、食べてさえいれば大丈夫、という考えが中心だったと思うからだ。

母はある意味ではその考えの犠牲者で、結核で弱っているから食べなさい、とどんどん栄養のある食べ物をつめこまれ、すっかり食べることに嫌気がさしてしまったのだそうだ。

そんな母が先日二ヶ月以上も入院して、最後のほうになったら、

「もうなんでもいいから、目の前で作ったものが食べたい」と初めて食べることに意欲を見せたので、感動した。

ああ、気力が戻ってきたんだ、と思った。入院した当初はなにも食べられず、食べる気持ちも起こらず、なにも欲しがらなかったのだった。

病院には姉がこまめにおいしいものを運んでいるし、カップヌードルだってあるし、最近の病院のごはんは温められて出てくるので、冷たくてまずいということはない。

それでも母は、そう言ったのだった。私はほっとした。

目の前で人が作っているその風景ごと、渇望したのだろうという事実、いつもなにも食べたがらない母の中で、まだ燃えている命がそう言わせたのだということに。

65

ともちゃんが家に寄ってささっとごはんを作ってくれた。

ともちゃんが台所に立っていると、いつでも安心する。ちゃんとあわてたり、独り言を言ったりして普通の人なのに、ちゃんと料理人としてのごはんが出てくるから、なんだかかわいいのだ。

日本語の「スパゲティ」。ツナとトマトの味だった。オリーブもケッパーもなかったから、黒胡椒をひいてぱくぱく食べた。ちょっと軟らかめの麺が日本人の味。おうちの味。

こう思う主婦はいっぱいいるのではないだろうか?ああ、誰かが作ってくれたこういう普通のごはんが食べたかったんだ!と。

別れた彼氏のことを思うとき、いつも彼の作ったおみそ汁の味が浮かんでくる。

お料理ってものすごいものだ。なにか決定的な力を持っている。

男の人はそうは言わないが、結婚したときいちばんショックなのは、毎日のごはんがお母さんの味付けと全然違うところではないだろうか。そして離婚したときいちばん恋しいのは、いろいろなことがあって別れた奥さんそのものよりも、ふとしたときに思い出すその料理の味ではないだろうか。

66

フォーというヴェトナムの麺類を、ヴェトナムでも日本でも自分の家でも何回も何回も食べてきた。おいしいな、とは思うけれど、決定的においしいものという感じではなくてなんとなくそこにある軽食だと思っていた。

ハワイにある「ハレ・ヴェトナム」というお店のフォーがものすごくおいしい、とともだちに言われたとき「そんなことあるかなあ、フォーなんてそんなに差がある気がしないよなあ、しかもハワイじゃん」と思った。それで、ハワイに行ったときせっかくだから大勢でそこに行ってみた。なんということのない住宅街のようなところにあるそのお店は典型的なアメリカのお店、という感じ。だだっ広くてそっけなくて、別に特に変わったところもない。こんな遠くまで来て、はずれだったらどうしよう、という雰囲気もなくはなかった。

でも、フォーが出てきたときみんな一口すすって黙ってしまった。

「うまい、これはほんとうにうまい」「おいしい」「汁もおいしい」「なんでこんなにおいしいんだろ」

そのあとはただ口々にそう言った。

息子も自分でおはしを使い、もくもくと二杯も食べた。

そうか、これがフォーの味だったんだ、これまで食べてきたのは、これの模造品だったんだ、と思うくらいにおいしかったのだ。多分鶏のガラからきちんとだしをとっているからではないかと思う。化学調味料の味はしなかった。フレッシュなミントともやしと唐辛子とニョクマムで自分なりに味つけをして、こんなふうに微妙に味が変化していくものなんだ。


なんでわざわざハワイで彼らがそんな完璧なフォーを出し続けているのかわからない。そして私がなんでヴェトナムのいろいろなお店で食べられなかったものにそこでめぐりあったのかもわからない。外にはハワイのからっとした空が広がり、道路をさらすように陽の光が降り注いでいた。全然ヴェトナムらしくないのに、おいしい。だから、土地に合ってるとか雰囲気に流されてるわけでもない。人生って不思議だ。こういうこともあるんだ。

その近くを散歩していたら、不思議な遺跡があった。

ハワイをはじめに訪れたタヒチの人々が、そこを台所にしてごはんを作っていた場所の遺跡だそうだ。

なんだか妙に納得した。この場所の力が、彼らにあんなにおいしいフォーを作らせ続けているのかもしれない。

67

最近、とても小さい駅や裏道みたいなところでけっこう本格的なビストロやイタリア料理店を見つけることが多い。若い人がやっていて、手作り感覚の内装で、シェフはきちんと海外で修業していて、でも人としてのつかみがいまひとつ（これは全員に共通している要素である、そういうお店をやっている人で客商売に向いている人はあまりいないようだ）だから、うまく資本の力にめぐりあうことができなかったので青山や代官山や六本木には出店できない、という感じ。

それにしても若いのによくここまできちんと作っているな、という味に仕上がっていて、泥臭くなく、ワインもよく勉強しているからそんなおそろしいものを飲まさせられることはない。

ものすごく期待して行くようなところではなくて、つまみ程度になにかおいしいものを食べて、ちょっとワインでも飲んでおしゃべりしようか、というときには居酒屋と同じくらい重宝する感じだ。

こんな文化が育ってきているのだから、なかなか東京も贅沢になってきてるなあ、としみじみ思った。なによりも人がむちゃくちゃ食べている時代が終わりつつあるのではないかな、と思う。ローマやパリにあまり大デブはいないけれど(いるんだけれどアメリカほどではない)、それはこういう、手がかかっているおいしいものをちょっと食べて満足できる文化があるからだと思う。

これからの日本は世界の人がやってくる、おいしくて接客も良くて、安くて、健康的な、地球全体のレストランみたいなところになっていくのではないだろうか？そんな気がするのだ。

68

お手伝いさんのMさんが、マヨネーズを作ってくれた。

平たいお皿に黄身を乗せて酢を入れ、フォークで混ぜながら少しずつ油を足していく。

Mさんのお母さんは当時でいうところのハイカラで、いつもマヨネーズは自家製だったとのこと。

「同じ方向で混ぜないといけないんだよ。でないと、どうしてだか失敗する。だから左利きの人とは途中で混ぜるの代わってもらえないの」

とMさんは言った。理由はわからないけれど、昔からそう言われているのだそうだ。

そしてもし分離してしまったときは、小さじ一杯ほどの水をボウルに入れて、その中に分離したマヨネーズを少しずつ入れて混ぜていけば大丈夫だそうだ。これも逆は絶対ダメで、水をマヨネーズに入れて混ぜてもだめだとのことだった。

うちでマヨネーズを作るときはいつでも泡立て器でやっては失敗していた私はなんだか嬉しかったし、マヨネーズをしゃかしゃか混ぜるMさんの腕の力強さに「お母さん！」と抱きつきたいような気持ちになった。

うちの母は体が弱くてほとんど料理をしなかったから、そんなイメージはないのだが、それでもだ。きっとそういう時、人は普遍的なお母さんを感じるものなのだろう。

69

海外で長く暮らしてきたUさんのお料理は、スパイスも考え方もすっかり日本人ではなくなっていていつも感心してしまう。

白身の魚にディルとケッパーをつけあわせ、バターとオリーブオイルでソテー。

ピザ台にガーリックとなすとキャビアを乗せて、レンジで六分半チン。

ターメリックのスープにはキノコとほんの少しのベーコンとクリームとかりかりしたターメリックがたっぷり。

マッシュルームはガーリックをすりこんで、塩胡椒してからレモンをかける。ヨーグルトときゅうりとクミンとガーリックを和《あ》えて、パンにつけて食べる。日本の味がするものがひとつもない。すごいことだと思う。

彼女は炊飯器でクスクスを作るし、包丁は持っていなくてみんなペティナイフで作るし、おしょうゆが家にない人なのだ。

彼女がお料理してくれたうちの台所から、外国に行かないと感じられないあの気持ちが、ふわっと立ち上ってくるのがわかった。

70

肉が食べたい、とハルタさんがいつも言っているので、よし！と思って一キロの肉を買ってきた。

前に「とにかく肉！」と思い、牛肉四百グラムを炒めてその横にさらにまい泉のカツサンドを添えたら、ハルタさんは「カツサンドは買ってくれれば家でも食べられるけれど、炒めたお肉は今ここでしか食べられない」と切ない顔をして言っていた。なので炒めた肉を増やそうと思った。

ハルタさんはほとんど自炊しない。

昔彼氏に「ごはんを作って」と言われて、「どうして私が作らなくちゃいけないの？」と泣いたというつわものだ。

そして小さい頃から肉が好きで「生のお肉が食べたい……」と言っていたそうだ。

きっと彼女の体には肉がいちばん合っているのだろう。

なので、ピーコックでいちばんいいお肉で、しかもあまりサシが入っていない、歯ごたえのありそうなものを、一キロ頼んだ。持っている間もそれはずしっと一キロで、ちゃんとその重みを感じた。

半分はガーリックとしょうゆで炒め、半分はすき焼き風に割り下で軽く煮込んだ。

ハルタさんは食べに食べ、家に持ち帰って、夜中に「今みんな食べ終わりました」とメールが来た。こちらまで不思議な達成感があった。

うちの息子はまだまだ少食なので、作りがいがないのだ。でもそのうち、恐ろしいほどの肉を食べたりするのかな、そうしたらこんな達成感があるかな、と想像して、生々しくどきどきした。

71

暑い牧場の真ん中に、重そうな荷物を持って夫のお父さんがやってきた。

中にはメロンと桃が入っていると言う。

「なんでそんなの持ってくるの」と夫は子どもみたいに怒って言った。わかるわかる。親のするとんちんかんなことには、どうしてもそういうふうに言いたくなる。

その場で食べるチャンスを逃し、お父さんは持っていって新幹線の中で食べなさい、と言った。夫は重いからいらない、と言った。私は「お父さんが重いのにせっかく持ってきてくれたのだから、持っていこう」と言った。こういうとき、この役ができるのは他人しかいないのだ。

新幹線の中で棚に載せて、下から見たら桃は腐っていた。

下のほうが真っ黒で、上だけ大丈夫だった。お父さんはあわてて冷蔵庫から出したから、きっと気づかなかったのだろう。お父さんの男やもめの生活の深さ暗さが伝わってきた。

でもそれはお父さんの大事な生活で、だれもとりあげることはできない。東京に来てアパートみたいなところを借りてまで、息子の近くにいたいわけではない。もうどうしようもない。私にもなにもできない。だれもが幸福でもない、不幸でもない。そして愛はたくさんある。桃は食べられなかったけれど、桃の形の幸せは受け取った。

東京駅のごみ箱に桃を捨てるとき、うっかりナイフもいっしょに捨ててしまった。

これから一生、東京駅のごみ箱で腐っていく桃とそのそばのナイフを思うと、胸が苦しくなるだろうと思った。

人生がきれいごとだったらどんなにいいだろう。

みんないつまでもいけないところは改善しあって、かばいあって、守りあって、笑顔で接し合って、生涯孤独を感じないでいられたら、どんなにいいだろう。そう思っている人が宗教に入ってしまうんだろうな、と思う。

でも人間はそのようではないし、きれいごとを創るためのエネルギーはけっこうばかにならないので、そんなことはどうでもいいからそっとしておいてくれ、だめなままでいさせてくれ、胸が苦しくてもすれ違ったままでも愛してると思わせてくれ、と私はきっと老後にも思うだろう。

72

何回か同じことを書いたが、お店とはバランスが全てだなと思う。

いちばんわかりやすい例でいうと、カラオケボックスは確かに身内だけで過ごせるし、好きな歌が歌えるし、知らない人の歌を聴かなくてもすむが、大学生バイトがチン！したおつまみを、洗いが甘い曇ったジョッキに入ったビールで食べるという感じで、空しいものだ。

一方カラオケスナックは知らない人たちのわけのわからない歌を聴いて、拍手したり連帯したりぞっとしてしまうが、たいていママがもてなしてくれるし、拍手してくれるし、おいしいものが出てくる。

どっちをとるのか、それはお客のニーズ次第ということだ。

屋台で熱々のものが出てこなかったら腹立たしいし、もしも時間がかかったらかんかんだろう。

フランス料理店で給仕がボケていてお皿を持ってくるのが遅かったり、ワインが空でも気づかなかったら、どんなに食事がおいしくてもだいなしだろう。

でも、もしもおじさんがひとりで調理してお運びまでしているお店だったら、行くほうもなかなか出てこないことを覚悟してのんびりするだろう。

夫婦でやっている小さいお店のトイレに変な小物があっても気にならないが、一万円を超す値段のイタリアンのトイレにＵＦＯキャッチャーで取ってきたものが置いてあったら、がっくりくるだろう。

悪いバランスほど、修正に知恵が必要になる。

それを見に行くという要素もあるのだから、店ってある意味ではお店の人のやっている舞台のようなものなのかも、と思う。

かといってシェフがスターになっているお店も居心地が悪い。厨房から出てくるたびに見てあげなくちゃいけないような気がして、ドキドキする。落ち着かない。

板さんが無愛想でおばちゃんの作った派手な手作り小物が置いてあっても、おいしくて全体の調和が取れているところは繁盛している。

あるいはお店が清潔であれば、センスが不思議でも気にならない。

完璧に都会的センスにあふれるインテリアのお店でも、従業員がだらだら働いていたり、窓のすみやエアコンにホコリがつもっていたら、気持ちは沈む。

ひとつができていれば他もできていることが多いし、ひとつだけ目立って変な感じのことがあれば、他のことで補われていたりすることもある。

奥深すぎて、面白すぎて、新しいお店のドアを開け続ける事をやめられない。

73

Mさんがなにやら粉を家に忘れていった。

コカインとかヘロインとかではないが、とにかく白い粉であった。

次に来たときに聞いてみたら、「ポンデケージョを作ろうと思って」と言った。

「簡単にできるんですか？」「簡単よ！」

というわけで、その場で作り方を教わることになった。

チーズをすりおろしてタマゴと混ぜ、油と水をわかし、キャッサバの粉と塩を混ぜ、みんなひとつにまとめて小分けにして、焼くだけ！

ふわふわでもちもちのチーズパンができあがった。

その場で食べるととてもおいしくて、しかし次の日にはもう固い。なるほど。

「どんどん作って、その場でどんどん子どもたちに食べさせたものよ」

とMさんは言った。

ブラジルの暑い午後、Mさんがまだ小さかった五人の子どもたちにどんどんこれを作ってあげているところが浮かんできて、胸がしめつけられた。みんなそれぞれ自活してMさんは一人暮らしをしている。それぞれをたずねて楽しく暮らしてはいるけれど、もうみんな子どもではない。

Mさんといっしょにパンをこねながら、その時間の流れをふと戻ったりチビの未来を見たり、いっぺんにした気がした。

74

いつもいく伊豆の清乃《きよの》という店はちっともおしゃれじゃない。高級な日本酒もない。焼いた鶏の皮も別にぱりぱりしてない。

でも、ものすごく幸せな居酒屋さんなのだ。

そこで食べる焼きそばも別にいいバラ肉を使ったりしてない。麺もどう考えても特別なものではない、ソースは絶対粉ソースだろう。でも、なぜか毎晩毎晩頼んでしまうのだ。

何年も通っていたら、作ってくれるマスターの味がだんだんわかってきた。ちょっとしょっぱくて、でもごはんのおかずではなくて、おいしすぎず、高級すぎないけれど毎日食べてもいいもの。日本の味。普通の食卓の味だ。

私たちが育ってきた昭和のお総菜の味だ。大事だなあ、と思った。

こういうのがいちばん飽きない、その「抜け」こそが毎日通える秘密なのだ、ということはグルメ雑誌にも載っていないほんとうのことだろう。

75

村上龍さんがＴＶに出て、有名シェフの前で料理を作っていた。

カレーに入れる固まりのベーコンを角切りにしているとき「人の足の指くらいの大きさ」というたとえをしながら切っていた。そして話に夢中になると鶏をひっくり返すのを忘れて、となりにいたおともだちのシェフがさりげなくひっくり返してあげていた。

作家だなあ、と思った。

それでもベーコンを焼くとき龍さんは四角いベーコンの全ての面をきちんと焼いてからカレーに入れていた。ああ、ここも龍さんだなあ、と思った。

そしてマンゴーと角切りベーコンのカレーができていたが、マンゴーだったら、私だったら絶対鶏か豚で作るよ、と思った。ベーコンだったら、マンゴーである意味があまりなくない？と近くで話しかけたかった。でも、どうしてかそんな龍さんの全てがますます好きになった。

76

人を家に呼んでごはんを食べるのが苦手だった。

今もあまり得意なほうではない。

でも最近は、普通に、もてなしなんかではなく、ただいっしょにごはんを食べる人が数人だけいる。みんな肌で仲のいい感じの人だ。

そんなともだちのひとり、ハルタさんは前述の通り肉が好きなので、それでワインを全然飲まないので、今回もとにかく肉が主役！豚肉を甘く煮付ける、山本麗子さんの本に載っているいちばん有名な料理をたっぷり作った。

それとラムに衣をつけて焼いたやつ。

スーパーでイワシの缶詰を買ってきて、オイルとおしょうゆとレモンをかけてそれも出した。ガーリックオリーブ瓶詰もあったので、ラムに添えた。それからとれたて昆布というのもごま油とおしょうゆで和えて出した。トマトにもオイルとチーズをかけて塩をかけて出した。

それでもうお腹いっぱい、ものすごいごちそうみたいな感じだった。これでいいのだ、と思った。お料理を習いに行かなくてもいい、素材がおいしければ、十分だ。それに今の時代はスーパーに行けば、たいていどんな珍しい国の食材も売っている。

こんな幸せな時代に、人を呼ばないなんてもったいないかもしれない。

77

ハワイでパンケーキを頼んだら、皿からはみだして出て来た。三枚か四枚くらいが思い切りぶあつく盛りつけてある。中にアプリコットのジャムみたいなのがたっぷり入っていた。

こんなのを食べていたら、ああいう体型になるよねえ、としみじみ思った。毎日大きく太った人を見すぎて鏡の中の自分が痩せて見えるほど（錯覚なんだけれど）。アメリカ人の太った人は、みんな手足は細いのにおなかが樽みたいなのだ。

そういう感じに飽きて、フォーのおいしい「ハレ・ヴェトナム」にまたヴェトナム料理を食べに行った。アジア料理のポーション（一人前）の小ささに、幸せを感じた。

小さい鍋にトムヤムクンみたいなものすごくおいしいスープが煮えていて、そこに肉やエビを入れ、ライスペーパーをすっとお湯にくぐらせたものにそれを乗せ、たくさんの野菜といっしょに巻いてたれをつけて食べる。そうすると自然に野菜をいっぱい食べることになって、ああ、なんておいしいんだろう、と思った。

香菜《シャンツァイ》やミントが単調な味をぴりっとさせるし、満腹感を誘う。

それがまたすばらしかった。

アジアの美はこうやって作られるんだし、私たちもどちらかと言えばそこに属しているのだから、食生活を失敗してハワイの人たちの二の舞にならないように気をつけようと思ってしまった。

78

青森に行って、とれたての魚やさっきもいだばかりのりんごを食べた。

東京から来たと言ったら、店の人や常連のお客さんたちが食べなさい、と言ってどんどん出してくれたのだった。

みんなこんな秘密のおいしいものを知っているから、忙しさやつらい仕事や東京みたいになんでもかんでも便利であるわけじゃないことに耐えられるんだ〜、とため息がもれるほどおいしかった。新鮮な食べ物はみんな水気があって、細胞がぴりぴりしているくらいに生きていて、きめが細かいのだ。

このりんご、明日になったらもうだめだ、二時間あとでもこんなにおいしくはないよ、とお店の人と常連さんたちは声をそろえて言った。

秘密の食べ物を出すとき、青森のおじさんもおばさんも、ちょっと色っぽい顔になる。

そこがまたとってもリアルでよかった。

79

私は血糖値が高めなので、よく血糖値を測る。父は立派な糖尿病。姉も私と同じくその体質も受け継いでいること間違いなし。

その日は家族みんなで測りっこした。

私は90でセーフ、姉は100でちょっと高め。そして父は250もあった。

姉「いや〜、さすがはお父さん」

私「いつも私たちよりも高い、やっぱり親は超えられないね」

父「アハハ」

これくらいの楽しい気持ちでのぞまないと、生活習慣病には立ち向かえません。

80

「ハムソーセージおいしそう、ハムソーセージ食べたいな」という歌が流れるCMがある。それを聞いて息子が「ハムソーセージが食べたい」と言うので、生ハムとゆでたソーセージを出したら、「お肉はいや、ハムソーセージが食べたい」と言っていたので、「これがハム」「これがソーセージ」「これとこれでハムソーセージ、別々のものなの」と説明してあげたが、釈然としないようだった。

彼の中でのハムソーセージはどんなすてきな食べ物なんだろう、と想像してどきどきしてしまった。とりあえずは、きっと大きくて、ピンク色で、甘いんだろうな。

81

知人のやっている、江東区にある器とカフェのお店に行ったら、彼女の作っている器を使っているのでうちの食卓とそっくりな感じだった。うちは彼女が焼いているお皿とかお茶碗をいっぱい使っているのだ。

出て来たメニューはまさに彼女の手料理でとってもおいしかった。

タコライスもゴーヤバーガーも豆のサラダも、ちっともけちけちしていなくて、食べる人が健康であれと、おいしくて喜んでほしいと、それだけを考えて作られていて、レタスもあふれんばかりに乗っていて、ゴーヤもうんと分厚く切ってあった。

ふだんはかぴかぴのレタスや、少しでもコストを下げようとして淋しく盛られた食べ物ばっかり見ている私たちだが、こういうふうに採算を考えないで作られたおいしいものって、作っている人が天国みたいなところにいっぱい貯金をしているような気がする。

貸し切りで晩ごはんを食べさせてもらったのでお会計をしてもらったら「三千円くらいでいいです」と言っていた。くらいって、なんだ？と笑いながら、みんな少し幸せになった。彼女のあり方があたたかくてほっとしたからだ。

いつかなにかで彼女が困ったら、みんながちょっとずつ彼女を助けるだろう。

それが天国の貯金だ。

ゲンナマよりもよほど粋である。

82

これまで食が細かったチビが、四歳間近になってどんどん食べるようになってきた。餃子を一人で三人前は食べる。

お店でさんざん餃子を食べた後に「すみません、餃子をもうひとつください」などと言って勝手に注文している。そしてお年玉をポケットから出して「これで払う」と言っていた。パパとママは「そこまで大人にならなくても！」と笑った。

しかしつきあってあまりにも餃子ばかり食べているので、うちでは主食が餃子みたいな感じになってきた。いかに中身を変えても茹でても蒸しても焼いても餃子は餃子だ。大人はじょじょに飽きてきている。

そこで他の味はないかいな、と思って中国の本を見ると、各家庭が全く違うレシピで水餃子を作りまくっているのを発見した。作ってみよう、と思って分量を見てみたら（二キロ、四百五十個分）などと書いてある。

ああ、そうなんだ、そういうものなんだ。が〜んと打ちのめされた。

と私は初めて西安の普通の家の人たちの生活を肌で感じた。

うちの家族三人では小麦粉五百グラムでもうお腹がいっぱいなのだ。きっと水餃子ってもっと、全然違うものなんだ。粉だらけになっていっぺんに作ってみんなでどんどん食べるものなんだ。それが普通なんだ。日本の遠足のおむすびみたいな感じなんだ。

そんなイメージがどんどん伝わってきたのは、量を見たからだったのだ。

83

タイのともだちが長く日本に滞在していて、最後のほうはみんなとお別れするから食事会が多くなったらしく、ちょっと太ってきた。

あごとお腹周りがぷよんとして、なんとなく肌の色がどんよりしていた。そして姿勢もちょっとそりぎみで、日本のおじさんみたいになった。

あらあら、と思っているうちに彼はタイに帰ってしまい、数ヶ月後日本に遊びにきたら、すっかり痩せていた。

痩せていて、肌にもちょっと張りがあって、お腹はすっきりしていて動きやすそうな姿勢になっていた。

「ずいぶん痩せたね」と言ったら、「タイは野菜たくさん食べるから」と笑っていた。

そうか、毎日ごはんを食べるだけでちょっとかっこ悪くて動きにくい不健康な体型になっちゃうのが今の日本の平均的な食生活なのか、と少しがっかりした。

そして数ヶ月だけで、なんとなく健康になってしまう食生活のタイをちょっとだけうらやましく思った。

84

中野にとっても有名なジンギスカンのお店がある。

ぼろぼろの一軒家で、階段まで羊の脂でつるつるすべるのだ。

炭火で肉を焼いてただひたすら食べるお店だ。

昔からあって、私はなんとなくこの二十年、いろいろな人と全部で五回くらい行っている。ほんとうになんということはない、単なるジンギスカンで、肉はたしかにいいお肉だけれどものすごく高級というわけでもない。

たまたま中野で八時くらいに用事が終わって、「あのお店に行こうか」ということになってともだちと夫と子どもとふらふらとあの店を目指した。

なにも変わらずおじさんとおばさんがやっていて、ものすごく愛想がいいわけでもなく、きれいでもなく、整頓もされていない。でもどうしてだか、来るごとにどんどんおいしくなっていく。肉もたれもちょっとしなびたもやしやゴーヤなんかの野菜も、たまらなくおいしく感じられる。

たまにあるけれど、なんだろう、こういうことって。

おいしさの底力がにじみ出てくるのか、私と店の歴史の思い出が味の上に重なっているのか。

わからないけれど、きっと人生の秘密のひとつであり、大事なことなのだろうと思う。

85

子どもに毎日お弁当を作る気はまるでなかった。

幼稚園には行かない予定だったし、小学校はたいてい給食だろうから楽だなあとのんきにかまえていた。しかし、突然に息子は小学校もずっとお弁当が必要な私立の幼稚園に入ることになってしまった。行きたいと言っているのにまさか「お弁当が作れないから行けない」とは言えない。

やむなく適当にごはんをつめてのりを乗せて、肉と野菜の炒めをつめて見た目の悪〜いお弁当を作るのだが、ものすごく楽。量が少ないからか、いいかげんに作っているからかわからないけれど、とにかく三十秒で作れる。

私の母はとても几帳面で完璧主義なので、撮影用か？と思うような美しいお弁当を毎日作ってもらった覚えがある。てっぺんが十字に切ってあり、そこにグリーンピースが並び、その下にきれいなチキンライスがちらりと見えているオムライスや、ラップでくるくる巻いてある色とりどりのサンドイッチなど、今でも忘れられない。

しかしそれを作っている時の母はのめりこみすぎていてこわいくらい真剣で、話しかけても怒られるくらいの不機嫌さだったし、おかずの仕切りも今みたいにいろいろな便利グッズが売っていないから、いちいちボール紙を切ってそこにアルミホイルを巻いていたので、長さを測ったりしてとても大変そうだった。

まわりはうらやましがるし、確かにおいしいけれど「もっと適当でいいのに、お母さん」と子ども心にも思ったのを忘れられない。親が大変そうだと子どもはつらいのだ。

それでも私はまだ母に作ってもらえて幸運だった。

姉の高校時代は母が病気がちだったので、父がお弁当を担当していた不運の時期であった。父の独創的なお弁当は別の意味で周囲の評判を呼んだらしい。

「弁当箱を開けると一面のうぐいす豆、その下にごはんさえなし」とか、「コロッケと春巻きとフライ、野菜なし」とか、「ふろしきを開くとごろりとカップヌードルが出てくる」とか、「三分の二いちご、三分の一ごはん、おかずなし」、そんなことはざらだったらしい。

いつか姉とネパールに行った時、機内食が「コロッケと春巻きとフライと揚げ餃子の詰め合わせ」だったことがあり、それを見た瞬間にふたりは顔を見合わせて「お父さんのお弁当みたいだ」と言い合った。

そんなこともみんな懐かしい思い出だが、親が子どもを育てるのにどれだけ自分の時間と神経を使ったか、自分がその立場になってみないと決してわからないものだ。あんなに子育てに向いていない両親がなんとかして私と姉を育てた道のりを思うと、そんなに守られてやっと育ってきた自分自身を大切にしなくてはいけないと思うのだ。

86

田口ランディさんのブログを見ていたら、アイヌの方たちを家に泊めたらあまりにも自由にふるまうのでものすごく大変だった、近代的自我が崩壊したという内容のことが書いてあった。

わかる、わかるよ！と思った。

私は今、世田谷に住んでいるが、もともとはばりばりの下町出身だ。

下町の人は（もしかして田舎の人も？）、とにかくいつでも机の上にお皿が置いてあって、そこにはおせんべいとかちょっとしたクッキーとか、しかしスーパーで売っているような安価なもの、決して高級な和菓子や洋菓子ではないもの、がどっさりと載っていて、それをちょっと立ち寄った近所の人などにどんどんふるまってお茶しておしゃべりして家事をして一日が終わっていくのである。

自分の家族だけの時間がほとんどないということにさらされていた私は、なんでもいいから静かにしたい、と思ったものだった。母もそう望んでいたので、引っ越してからは少し静かになった。

しかしそうしたらそれはそれで、ちょっと淋しいのだ。窓をあけたら隣の家の人とおしゃべりでき、人の家の洗濯物を勝手に取り込んでたたんでおいてあげるし、お茶請けがなかったら勝手に人の家の冷蔵庫をあける、というのが普通のことである、あのおそろしい日々が、なぜかちょっとだけ恋しいのだ。

下町の人とアイヌの人を比べてはいけないけれど、生活習慣がまるで違う人を家に泊めるというのがどんなことか想像できる。作家というのはどんなに豪放にふるまっていても、基本的になんでも観察してしまう神経質な人に決まっているのだから、受け入れがたいことがたくさんたくさん起きただろうと思う。想像しただけで震えてしまう。

人好きで人とつながるとそのぶん静寂は減るし、静寂の中で過ごしすぎると精神的にバランスがおかしくなってしまう。現代はむつかしい、ほんとうにむつかしいなあと思う。

でもたとえば昔だったら、ほとんど一日中家にいる気のいい生涯独身のおばさんというのが近所に数人いて、子どもをあずけるとか、ちょっと買い物に行ってくるあいだ家を見ていてもらうなどが可能だった。

また、ふるまわれているのは、そういうおばさんが家にあがりこんできすぎないための防波堤としてのお菓子であったり、お茶であったのだとも思う。ごはんまでは出さないよ、という意味。お茶を飲んで、じゃあそろそろ、という暗黙の了解のリズムができていた。

そういう人たちはいろんな用事をすすんでやることで社会や地域の人たちとつながり、ほどよく孤独を癒すことができ、近所の人たちにとっても彼女たちはやっかいものではなく、なにかで入院すればカンパでお金を集めてなんとか救ったものだった。

その暗黙の了解が孤独であろうおばさんたちの尊厳や、各家庭のプライバシーまで絶妙なバランスで守ったのだと思う。

ランディさんが大変だったのは、アイヌの方たちが、暗黙の了解さえもないオープンなその社会をみんなランディさんのおうち、つまり現代の地域社会に持ち込んだからで、もしもアイヌの村に数週間暮らすとなったら、ランディさんはなじむことができる強さのある人だと思う。

私たちは個々の生活をしているようでいて、実は社会のムードに静かにしばられているのだろう。

スーパーに行くと大量に売っているだいたい三百円くらいのお菓子たち、昔は子どもに配るものだと思っていた。それから机の上にいつも置いておいて、来たみんなにつまんでもらうものだと。

もちろん今もそういう使いかたなのだろうとは思う。

でも、あまりにも種類が増えすぎて、楽しそうに買っていく人が少なすぎて、なんだかそのお菓子たちはみんな「淋しいよ」と言っているみたいな気がする。人と人をつなぐことには使われてないよ、と言ってるみたいだ。

これはすべて私の中であのお菓子たちが、いつもにぎやかな世界でおしゃべりの添え物として輝いていた時代と結びついているからだろう。

87

子どもにお弁当を作るようになってからお弁当のことが気になりだして、いくつか本を見た。

お弁当箱の中をアートにしている特殊な人をのぞいて、どうも自分が食べたい感じの参考書がない。自分で考えるか……と思った矢先にケンタロウさんの本に出会った。

カツ代さんにもケンタロウさんにもそんなに詳しくなくって、ケンタロウさんのことを「男っぽい感じのごはんを作る人だ」くらいにしか思っていなかった。でも彼のお弁当はなんとなく私が母に作ってもらっていたドカ弁に似ていた。

私は巨大なアルミの弁当箱全部がごはん、巨大タッパーに肉、そしてくだものか野菜、という三段弁当を持って行ってぺろりと食べることで有名な女子高生であった。「よしもとのドカ弁」というのは有名であった。食べっぷりを見学されたことさえある。自慢できないな〜。

懐かしさでページを幸せな気持ちでめくっていたら、ケンタロウさんが「カラフルなピックがたくさんささってはみだしていたり、レタスがこんもりしていてどうやってふたを閉めるんだ、みたいなお弁当じゃないのが載ってる本が作りたかった」というようなことを書いていて、溜飲がさがった。

色がすごくきれいとは言えなくて、地味で、でも絶対おいしそうなお弁当の世界からは、彼の、食とママに対する愛情がいっぱいはみだしていた。

保温や保冷弁当箱が発達しているのだけれど、保冷は冷えすぎるし、保温するとタッパーの匂いがごはんにうつって、ちょうどひもをひくと熱くなる温め型のお弁当と同じようないやな感触（少しごはんが縮んだ感じ）と匂いになる。結局、作ったものを箱に入れて冷めるまで少し待ったものを、数時間たって冷たい状態で食べるのがいちばんおいしいのだな、と私こそが基本に戻った。

お弁当にはお弁当だけの良さがあり、それに類するメニューなら毎日でも飽きないということなのだろう。それにあまりバリエーションも必要ないのかも。

私のお弁当作りもだんだん慣れてきて、単に卵焼きとおにぎりと果物だけとかてきとうなお弁当になってきても、初期のお弁当よりも堂々として、見栄えがよくなってきたのは、ケンタロウさんが背中を押してくれたおかげかもしれない。

88

ちほちゃんはハワイ島に住んでいて、私が取材でハワイ島に行ったときいろいろと案内してくれた。

ハワイ島にもきっと高くてそこそこおいしいレストランというのはいっぱいあるのだろうけれど、彼女の教えてくれたところはどれも安くておいしくて毎日でも食べられるところばっかりだった。

味はもちろん最高で、彼女が通うところは全部作りたての食べ物でまがいものがなくって、生活の匂いがする生きた食べ物ばっかりだった。

そのことも大切だったけれど、今となっては味だけではなくって、ハワイ島の透明な光の中で「これを毎日テイクアウトして港で食べたの！」と言いながら、レモングラス豆腐やスパイシーチキンのはさまったヴェトナムサンドイッチをほおばったり、「揚げたてを食べて！早く早く！」とふわふわのドーナツを小走りで運んだり、「ここのご主人が朝フルーツをつぶしてミルクを混ぜてちゃんと作っているんだよ」と言って色とりどりの華やかなジェラートのケースの前に連れて行ってくれたりした、ちほちゃんの笑顔のほうがずっと心に残っている。

紹介してあげたい、好きな人にはおいしいものを食べてもらいたい、わかちあいたい、その気持ちこそがこの世のおいしさを支えているのだと思う。

89

とても有名なブログ「ばーさんがじーさんに作る食卓」というのがある。

私は雑誌で見て、この人の作る料理にひとめぼれしてしまった。私がいちばん懐かしく思うタイプの料理だ。もちろん私はほとんど父の料理、三分の一は母の洋風料理という感じで育っているので、こういうのをあまり食べたことはない。それでもこのエスニックの混じり具合には、ちょうど私が子どもの時に憧れた七十年代の料理の匂いがする。さまざまなスパイスが日本で買えるようになり、それを使って日本風にアレンジしたものが雑誌に載るようになった頃だ。

だから「どういうものがいちばん好き?」と聞かれたら、「こういう懐かしい洋風の料理がいちばん好きです」と答えたくなるような、そんな世界が展開していて、うっとりする。でも意外に「食べたい!」とがつがつした気持ちになることはない。味がはっきりとわかるからだろうと思うし、この方たちの生活の風景全部をまるで本を読むみたいに見ているからだろう。

毎日毎日おいしいものを食べたい、そしてそれを手間をそんなにかけずに作り続ける、その中で体が生み出したレシピの数々が惜しみなく無料で公開されている。このご夫婦のたたずまいの安定感は、やはりこのおいしい料理が支えているんだろうな、と思う。

90

私がこの世でいちばん好きな焼きそばは、根津の「花乃家」さんでおばあちゃんが作っていた味の素たっぷりの肉卵焼きそばだ。

お父さんの代になったら、微妙に味が変わってしまったが、私は毎日食べていた。その家のおそろしい娘尚美ちゃん（あとで会ったら大人になって優しくなっていた）が私をいじめていたとき、おばあちゃんがさっそうとやってきて「仲直りしていっしょに食べなさい」と焼きそばを作ってくれたことも忘れられない。

その次に出会ったのが、前の項にも書いたが、土肥《とい》にあった清乃というお店の焼きそばだった。別になんということもない普通の焼きそばなのだが、絶妙な味で、毎日食べても飽きず、土肥にいる間は毎日晩ごはんをけずってでも夜中に食べに行った。私の家族も、土肥に毎年来る大勢の仲間たちも、その店を心底愛した。

清乃のママから電話がかかってきて「とうとう店をたたんだわ」と言われたとき、周囲の全員が愕然となった。そのくらい、その焼きそばを中心とした憩いの時間は大きかったのである。もちろん焼きそばの味は大事だったが、毎日通いつめて飲んだくれて語り合っている私たちをずっとあたたかくもてなしてくれたママとマスターの雰囲気も味のうちだったのである。

その夏、しょげながら別の居酒屋に顔を出していた私たちのもとに、最後の夜、焼きそばの大皿を持ってママがたずねてきてくれた。約束もなく、期待もさせず突然に。私たちは焼きそばを食べておいしくて懐かしくて泣きそうになったし、ママの笑顔を見ても泣きそうだった。

この気持ちの全部を、私たちは店があった十年間、毎夏十日間通いつめて育ててきたのである。なにものにも代え難い味の経験だと思う。

歩けないうちの父は、彼女が帰るときほとんど這うようにして廊下まで出てきて、彼女に「ごちそうさまでした、ありがとうございました」と頭を低く下げた。

母もよろよろと階段をおり、彼女を見送った。

そんな両親でよかったなと私は思った。居酒屋のママを決して下に見ない、焼きそばが大好きな両親で、ほんとうによかった。どんなに問題があっても、他のどんな親とも取り替えたくない。

91

息子の味の好みがどんどん変わって行く。餃子ブームは終わり、今はトマトスープに夢中だ。

トマトスープの作り方は簡単だが、熟したトマトでないと作れないのが強いて言えば大変なところ。まだ青い場合は、「トマトあるじゃない、作ってよ」と彼が言っても、「まだ青いからだめ」と私は答える。

ただざく切りにした完熟トマトを多めのにんにくといっしょにひたすら煮込み、あら塩を入れ、最後に「昆布屋の塩」のあとに彗星のように登場した「ろく助の塩」を入れて調味し、バジルを入れるだけ。

お弁当の中に入れた野菜をあまりにも食べないので「野菜摂らせたいのでスープ持って行ってもいいですか?」と聞いたら、うちのチビの通っている寛大な幼稚園はもちろんいいです、と許可してくれたので、彼は毎日トマトスープかお味噌汁かホワイトソースのシチューを持って行く。

私は毎日なにかのスープ類を作らなくちゃいけないけれど、お弁当作りは飛躍的に楽になった。

この間はトマトスープに合うかもと思って、薄いきゅうりに塩をして食パンに挟んだイギリス式のサンドイッチを作ったらきゅうりだけ残してきやがった（本音の言葉遣い）。「なんで残すの、きゅうりだけ。あんたきゅうり好きでしょ」と言ったら、「なんかやばいと思ったから」と感じの悪い答えが返ってきた。なるほど、ぬるくなったきゅうりはいやだったわけね。

そしてトマトスープと同じ味だなと思いながら、翌日はトマトスープに添えてトマトソースとしらすで和えたニョッキをお弁当にしたら、それはよかったみたいだ。子どもは、好きな味のものなら、何回出てきてもいいんだなあ、それが子どもの食の特徴だと思う。

92

浅草に「むつみ」という有名な釜めしやさんがある。

初めてそこに行ったのは二十年以上前で、釜めしってこんなにもおいしいのか、とショックを受けたものだった。

私がそれまでに知っていたしょうゆをいれて炊くやりかたではなくて、だしと具の味だけで炊き上げた釜めしだった。そのお店はほとんどお店のない住宅街の中にあり、地方の食堂のような風情で、二階は法事の帰りに食事をする仕出し弁当屋さんみたいに広くて古びた和室で、その感じもほとんど変わっていない。

久しぶりにそこを訪れたら、働いている人が外国の人になっていただけで、なにひとつ変わっていなかった。働いている人が一生懸命すぎてマニュアル通りになっているのを軽く優しくいなして好きに行動する常連さんも頼もしかったし、感じがよいわけでも悪いわけでもない淡々としたお店の人のあり方も変わっていない。

なんだか時が戻ったようで、くらくらっとしてしまった。

当時私はその近くの店でバイトをしていて、帰りに恋人と待ち合わせてそこでごはんを食べたものだった。いっしょにバイトをしていたともだちと合流して浅草の夜を楽しんだことも何回もある。

変わらないということは、べつだん新しいものを取り入れなくても問題なく落ち着いて暮らしているということで、私が浅草に不在だった二十年間、彼らは毎日淡々と釜めしを作っていたということなのだ。そういう力にはとてもかなわないな、と思った。私もかなわないし、バブルも株もヒルズ族も、そんななにもかもがだ。

93

今夜のごはんはむちゃくちゃだった。きっと私の頭の中もむちゃくちゃだったに違いない。

アボカドがあったので、どうしてもグワカモーレが作りたくなって、ひたすらつぶして、トマトサルサがなかったからトマトのオイル漬けを使って、コリアンダーを入れ、たまねぎとにんにくを入れ、塩とレモンをしぼってひたすら混ぜた。それと買って来たタコスを添えて、これが前菜のつもり。

そしてメインは買って来た富麗華《ふれいか》の餃子。大きくてまるでパンみたいなやつ。黒酢をつけていただくのだが、これがまたグワカモーレと合わないったらない。

炭水化物部門は……特売で買って来たえんがわ寿司。カレイのえんがわを昆布じめしたものの下には、塩味が薄くついたしそが入ったごはん。泣けるほどおいしいけれど、これがまたグワカモーレにも餃子にも合わない！

さらに私が作ったいんげんに土佐酢をかけたものと、せりと鶏肉のスープもなにがなんだかわからない。せめて最後の二品を結びつけようとして失敗に終わった感あり。まるで居酒屋に行った後のような気分の食後になり、胃はいつまでも「なんだったの？」とびっくりしていた。

ごはんが終わったのに、なんだかなにも食べてないような、変な気持ち。

まあ、こういう日もあってもいいでしょう。

94

みんなでごはんを作ると、なんて楽しいのだろう。

ハワイのちほちゃんの彼氏の家の、同じ敷地内にある家にステイさせてもらった。広いキッチンにはお鍋も調味料も大きな冷蔵庫もあり、ちほちゃんの彼氏が焼いたすばらしい陶器のボウルやお皿もたくさんあった。

女五人で、ひとり一品くらいずつ毎日かわるがわる何かを作った。

ファーマーズマーケットが毎日必ずどこかで行われているハワイ島、新鮮な野菜は必ず手に入る。魚のようにはねそうな、おいしそうな採れたての野菜がたくさんあった。それからマーケットで買った作り立てのヤギのチーズにハーブを和えたものも、いっぱい買ったので、パンとそれをつまみながら、ビールを飲みながら、がやがやと交互に台所に立った。

クスクスが、サラダが、キクラゲの炒めが、オーブン焼きの野菜が、焼きそばが、ポイ（タロイモで作ったディップみたいなもの）が、グワカモーレが、出て来るたびにみんなが歓声を上げ、おいしいおいしいと言い合った。外のBBQコーナーでは、ちほちゃんの彼氏がひたすらエビやお肉を焼いている。

ごはん作りのいちばん楽しいことは、その日に食べるものを、その日に買いにいくこと。もし思っていたものがなかったら、そこにあったいちばんおいしそうなものに大胆にメニューを変えたりすること。

どんなにおいしくて味が濃くて便利でも、やっぱり段ボールで届く野菜は、自分でその日に選んだものではない。市場に行って、それを作った畑の人たちが売っているのを買うのとはほんの少し違う。買い物の喜び、つまりハンティングの歓びが体をめぐらない。

まるで向かい側の人に長いお箸でごはんを食べさせてあげている極楽みたいな、それぞれの幸せを分け合う気持ちでいっぱいのごはんを毎日食べた。

ハワイ島の美しい景色の思い出と同じくらい、リビングの暖炉の前からキッチンを見たときの、みんながお料理するかわいい後ろ姿の思い出がきらきらと残っている。

95

伊是名《いぜな》島の小さい旅館の朝ごはんは、セルフサービスだった。

大きな四角いお皿が並んでいて、ひとつはキャベツを中心としたサラダ、もうひとつはポーク、それからなぜか焼き鮭。もうひとつはバジルソースがからんだ細麺のパスタ。ごはんの横に、赤いものが入った器が置いてあったので、きっと油みそ（沖縄ではよくごはんといっしょに食べる、豚の入ったお味噌）だろうと思ってごはんに乗せてみたら、なんとミートソースだった。

「でも、実は私、この食べ方よくするんだ」

と小さい声で言ったら、となりで食べていたいっちゃんが、

「私もです！ごはんにミートソースがいちばんおいしいとさえ思ってます」

と笑顔で言った。

「私、よく、これにチーズを乗せて食べたりするよ」

「私もです！」

宿の人は「バジルソースの麺の上にちょっとミートソースを乗せてみると、これはこれで意外においしいのよ」と勧めてくれたが、私たちはひたすらにごはんだけにミートソースをかけて食べていた。

ひとりでなければしないけど、どうしてもしてしまうことが人と共通していた嬉しさを分かち合いながら。

きっとタコライスなんかも、こんなふうに邪道な考えからできたに違いないのだ。

96

ハワイのヒロのB&Bに泊まったときの朝ごはんがとてもすてきだったのを、今もたまに思い出す。

貝のナプキンリングやハワイアンの植物柄のすてきなテーブルクロスに、つくりたてのスムージー。もぎたてのパッションフルーツやパパイヤ。そしてバナナがいっぱいに入ったできたてのパンケーキ。ココアウッドのトレーの上にはココナッツのシロップ。大きなカップのコーヒー。

まるでハワイというお題で雑誌の撮影をしているのではないか?と思うくらい美しかっ

た。

リタイアしてそこを管理しているアメリカ人のご夫婦は、ハワイに住みはじめてからフラを知ったり毎朝お料理を作ったり、庭にパッションフルーツやパパイヤを植えたりしたという。

朝の光がいっぱいのリビングで、もう老年にさしかかろうとしている奥さんは一年前に始めたというフラを踊ってくれた。

この年になってダンスを始めるなんて思わなかった、全く新しい扉が開いて、こんなすばらしいことがあるなんて思わなかった、と彼女は微笑んだ。

これまでに三回も結婚したという彼女。あまりにもいろいろなことがあって、眠ってばかりいた時期があった、だからあなたの小説を読んでびっくりした、私と同じことを経験した人がいたんだ……あの頃は、眠りの中にしか逃げるところがなかった、と彼女は言った。

どんな人生だったのかほんとうにはわからないけれど、彼女たちはここに漂着した、そう思った。そしてまだハワイの新しい夢を見ている、その夢が全部朝のテーブルにつめこまれている、そう感じた。

私たちが家族と仲間うちで「お姉さんたちの店」と呼んでいた店は、いつしか「お姉さんとお兄さんの店」になっていた。それでもいつも私たちを幸せな気持ちにしてくれる大切な店としてそのまま存在していた。

しかし、そのお店のある古い建物が取り壊されることになり、いったんお店はたたむことになった。私はそのお店をモデルにした小説を書くためにお姉さんにインタビューをして、お姉さんのいろいろな努力や苦労や幸せを知って、ますますそのお店が好きになった。個人の力の大きさをますます確認した。人がひとり、なにかを決意して始めたことにはいろいろな美しい花が咲き、影響もはかりがたいほど大きくなっていく。ほんとうにたくさんの人たちがこのお店になぐさめられ、育てられたのだ。

こういうお別れには慣れている。でも格別の切なさがある。

このお店がなかったら、私は下北沢の近くに越してきたかどうか、わからないのだ。

今はもう会えなくなった人たちとよくお茶を飲んだのも、懐かしい思い出だ。

塗り重ねられた思い出はなかなか透明にはならない。なんとなくねばっとした重い液体として、人生の澱《おり》として、沈んでいく。時間がたつと発酵して、切なく足をひっぱる。それでもやっぱり思い出はあったほうがいいと思う。切なければ切ないほど、私たちの足跡には深みが出るのだと思う。

あの古い建物の中で、古い窓から道行く人たちを眺めながら、木の床の匂いをかぎながらあのお店の辛くておいしいカレーと手作りのパイナップルチャツネを食べることはもう二度とない。でも私の中にはあの時間が確かに刻まれている。それだけで私自身も貴重な存在になっていくような気がする。

98

映画「かもめ食堂」でおいしそうなごはんを作っていた飯島奈美さんの事務所で何回かごはんをごちそうになった。

彼女の『LIFE』という本に原稿を書くことになり、いちど遊びにおいで、と「ほぼ日刊イトイ新聞」の人たちに誘っていただいたのだ。

なにもかもが考えられないくらいおいしかった。『LIFE』につまっている魔法のようなレシピがどういうふうに工夫されてきたか、そのキッチンを見たらよくわかった。大きすぎず、小さすぎず、きれいすぎず、気取りすぎず、実用的すぎない……毎日お料理をしている人の誇り高い台所だった。

彼女の料理は大胆だが、確信をもって作られている。

たとえばクリームシチューの中に、白菜の芯のところがくたくたになっているのといっしょに、ほうれん草が入っている。ほうれん草から微妙にアクのような味が出ているのだが全くじゃまになっていない。だれしもにとってどこか懐かしく、しかし大雑把ではない、計算された味。味の奥に入っていくと、そこでまた別の味に出会う。その感じが映画でもよく出ていたと思う。あの気配のようなもの、料理のたたずまいがどうして映像にちゃんと映るのか、しくみはよくわからない。

あの魔法には「食べることに本気である、おろそかにしない」という飯島さんの姿勢が関係あるような気がする。

飯島さんは、求めた味に近づけていくよりも、もっと上の味、もっとおいしい組み合わせ、もう一回食べたくなる後をひく味へと追求することをあきらめない人だ。

子どものお弁当の話をしていたとき「冷凍はおいしくないよ、いやだな。いれものも、ふつうのタッパーだと悲しい。せっかくだからきれいなものに入れてあげたい」ときっぱり言った横顔は、がんこな少女みたいだった。

「彼女はごはんが大好き、だからごはんも彼女のことが大好き、この世の中はそういうものなんだ」と神様が言っているみたいな、すてきな表情だった。

99

息子が生まれてはじめてエビをおいしいと言ったのは、六歳のお誕生日の前の夜に行った、スペイン料理屋さんでのことだった。

その夜も新鮮なエビをボイルして、にんにくと塩でさっと炒めたものが出てきた。その定番料理はいつでもおいしいので秘訣をマスターに聞くんだけれど、彼は照れて「エビがいいんだと思う」とだけ言うのだった。

「チビはきっとこれ食べないね」と夫と言いながら、八匹くらいのエビを取り分けていた。息子はエビが好きじゃないのだ。

でもあまりにもおいしいから一口食べてみたら？と剝いて口に入れてあげたら、「エビはきらいなんだってば」と言ったあとで、チビは「あれ？おいしい」と言った。そして私のお皿の上のエビを手で取って、がぶっとかじったのだった。

決してお行儀のいい行動とは言えない、でも、その勢いが嬉しかった。

「おいしい、エビじゃないみたいにおいしい味がする」と息子は目をきらきらさせて言った。あまりにも勢いよく食べたから、テーブルクロスの上にエビのみそが飛び散った。命と命の出合い頭の勝負という感じがして、六歳なんだ、おいしいエビの味が生まれて初めてわかった瞬間だったんだ、と妙に感動してしまった。

100

ここ数年、ミコノス島に行っている。

ギリシャ料理全般のことはよくわからないけれど、ミコノスの人たちはいろいろな文化が混じりあっているおいしいものを食べているな、と思う。元々のギリシャ料理と、イタリア人を中心とする、世界中からの観光客たちの好みが混じってきたのだろう。

安い白ワインに最も合う、毎日食べることができる魚、オリーブオイルと塩でなんでも調味することができるお料理。

しかし、ミコノスの海を泳いでいると、魚が全くいない。

キビナゴみたいな奴がたまにいるだけで、確かにそれのフライも出てくる。

しかし、お皿の上に載っているタコやタイやイサキみたいな奴やウニなんかはほとんど見かけない。どこにいるんだろう？と思いながら、海の中を探した。沖やはるかな岩場まで出ないといないのかもしれない。いずれにしても、世界各国、港に漁師さんがうろうろしているところのごはんは絶対おいしいのだ。

魚を炭で焼いて、オリーブオイルをかけて、食べる。エビをがんがん焼いて、塩とレモンで食べる。ぱかっと割っただけのウニを、レモンとオイルと塩で食べる。干したタコをゆでて戻して、ちょっと焼いて、オリーブオイルと塩で食べる。ただそれだけ。

そこにツァジッキというにんにくとスパイスが入ったやぎのヨーグルトや、なすとにんにくのペーストが添えられていて、ちょっとパンにつけて食べたり、お酒のつまみにしたり。

ほとんど炭水化物を取らなくても、気にならない。パンさえ食べないこともある。揚げ物もほとんどなくていい。オイルをいっぱいとっているので、欲しくならない。

これこそが地中海ダイエットという感じで、ミコノスに行くと、たくさん食べるのにたんぱく質中心なので太らないし、その上歩いたり泳いだりするのでしっかりと筋肉がついてくるのだ。

日本でごはんを抜いたり、オリーブオイルを増やしたり、パスタを食べたり、魚を食べたりしても、この真っ青な空と海、運動、新鮮な魚を目の前の炭でじゅうじゅう焼く感じ、巨大な鯛と格闘して、たくさんの白身の肉を取り出す感じを抜きにしては、やっぱり気持ちよくは痩せないかもしれないな、と思った。

101

最近、似た話をふたつ聞いたのだけれど、すごく大事な話だと思ったので、書いておこうと思う。

神戸の震災のときのことだ。

ひとつはイイホシさんというすてきな器を作る陶芸家さんのブログに書いてあったことだが、震災のあとまだ完全に復興していない町で、「アフタヌーンティー」が久しぶりに営業をしたらものすごい行列になり、それを見て彼女はどういうものを創りたいかという方向性がはじめてほんとうにかたまったという話。

もうひとつは島袋道浩さんという芸術家の話だ。

彼は「『ああ、お茶が飲みたい』と思ったときに、喫茶店が向こうからやってくる」というアートを考えつき、海の上に店を出したり、屋台のように店を移動させながらお茶を出すというのをやっていた。私は、それをとてもいいと思っていた。なんてすてきな考えだろう、と思っていた。

震災のとき、神戸出身の彼は現地に飛んでいって、そのノウハウを生かしてコーヒーをただで配ったり、やはりコーヒーをただで配っていたおばちゃんのために看板を作ったりペンキを塗ったりしたそうだ。がれきの中に色が戻ったとき、人々もきれいな色やデザインを欲しているし、自分も嬉しかったと書いてあった。それまで自分を芸術家と名乗ることはしなかった島袋さんは、そこでがれきの中できれいなチラシやポスターや看板を作っていて、「仕事ないのか？探してやろうか？」と声をかけてきたおっちゃんに「僕は芸術家や、これが僕の仕事や」とはじめて宣言したのだという。

昔読んだのだが、食生態学者であり探検家でもあった西丸震哉さんはきゅうりが大嫌いで、ほんとうに飢えてせっぱつまればきっと食べるだろうと思っていたら、戦時中死にかけていてもやっぱりきゅうりは食べられなかったそうだ。この話と、その話たちは、対極にある話だなあと思う。でも得られる教訓は似ている。

そうだ、どんなに経済が苦しくても、命に関わるたいへんなことが起きたときでも、人は心が自由になる瞬間を求めているんだ。そしてどんなにたいへんなときでも、ほんとうに嫌いなものをむりに好きになることはないんだ、心は自由なんだ。

お茶をしてほっとなごむ、それは災害時や緊急時にいちばんはじめにけずられてしまいそうなことだ。そして好き嫌いなくなんでも食べられたらいちばんいいとわかっていても、いやなものはやはりいやなんだ。

人類にとってそれはかなり重要なことなのだ、とそのみっつの話で確信した。そしてその「震災時のがれきの中の喫茶店」のような小説を書いていきたいと心から思ったし、いつまでも子どものように「きゅうり」はいやだ、と言っていようと思った。

102

この小さいエピソード集は、子どもが二歳半から六歳になるまでの間に書いたものだ。食べ物にまつわる話を、いつもならもっとふくらませて書くのだけれど、さっと書きたくてさっと書いたものばかり。時間がかかっているのでさほど統一感はないけれど、毎日の中で、ふっと思ったことだけを、だれの依頼も受けずにはじめは書いていたが、私がこういうものを書いていることに、朝日新聞出版の矢坂美紀子さんがやりとりの中で気づいて本にしましょうと言ってくださった。

「一度は必ずお仕事をしたい」と言いあって十数年、やっと実現できる。矢坂さんは好きでない人とはお仕事をしない方なので、そう思ってもらえたことが光栄だった。矢坂さんは私のサイン会にもアポなしで足を運んでくださったし（普通に列に並んでいらしたのでぎょっとして緊張してしまった）、二十年間、いつも変わりなく応援してくださっていたのだ。

いろいろなことが重なり途中何回もだめになりそうになったこの話だが、私のパソコンのフォルダ名はこの数年間ずっと「やさかさん」のタイトルでこれらのエピソードをためていた。中断したり、小さなトラブルでだめになりそうなときも、こつこつととにかく書きためてきた。

そこに昔からの担当である斎藤順一くんが朝日新聞出版に引っ越してきて（？）加わり、この中にも出てくるともちゃんが協力してくれることになって、最強のタッグができあがった。きっといい本になるだろう。

あとはおいしくいただくだけの私だ！

短文だし作家の頭の中も単純なのであまりすぐれた文章とは言えないが、宇宙一の食いしん坊な私の感じだけは、リアルに出ていると思う。

ゆめやさんには離れができて、私と子どもはやっとあのお宿にまた行けるようになった。たいていは家族かともだちといっしょに行って、ずっとお部屋でだらだらしたり、お風呂に入ったり、走り回ったり、新潟で採れたものばかりのおいしいごはんを食べたり。

このあいだはチビが六歳になったからと言って、バースディケーキ風のデザートを出してくださった。まだそういうことのありがたみが今ひとつわからないチビにとっても、そのお宿でリラックスするふだんは忙しい親たちと、時間をとって思う存分遊んだりおしゃべりしたりするのは、かけがえのない思い出だと思う。お風呂にTVがついているのも珍しくて嬉しいらしく、よくのぼせるまで観ている。そんな思い出をくれるのは、あのお宿の人たちが子どもに寛大で、宿としての考えが徹底していて、人生の幸せを知っているからだろうと思い、心から感謝している。

そんなチビの今いちばん好きなものは、近所にある手作りピザ屋さんのトマトとコーンのピザだ。Lサイズを1人でぺろりと食べるようになった。毎日でもそこに行きたがるので親は大変。その店のおじさんもおばさんもいつも喜んで迎えてくれる。これもチビの一生の思い出だろう。

立原潮さんはその後、銀座でお店をはじめられた。おいしくて懐かしくて、涙しながらカウンターでごはんを食べたのは、新しいすてきな思い出だ。立原さんがお料理を続けられていてよかった。大好きな立原正秋さんの新しい小説はもう読めないけれど、潮さんのお料理をいただくとき、彼がお父さまから受けついだ芯の通ったなにかがしっかりと生き続けているのを感じる。

沖縄そばの店は、なくなってしまった。まわりの人たちみなの嘆きぶりを見ていると、ああ、愛された名店だったのだな、とあらためて思った。

そして、きなこをまぶしたお餅が好きだったみゆきちゃんは、亡くなった。彼の遺体を発見したのは、うちの姉だった。

幸せそうにお餅を食べている彼のことを、リアルタイムで描いておいてほんとうによかったと思う。

亡くなってからはじめて彼のご家族を知り、孤独なだけではなかった人生の良き側面もいろいろ知った。もうすぐ姪御さんが東京に出てくるのを楽しみにしていた矢先の突然死だったのが、残念だ。でも自殺じゃない、彼は人生に絶望していなかった、それは涙が出るほどほっとすることだった。

彼は子どもが好きで、うちのチビとよく遊んでくれた。病気であまり食べることができない彼と離乳すぐのチビとその時期たまたま少食だった私で、一皿のアジフライを分けっこして「おいしいね」「全部は食べられないから頼めないと思ったけど、分けっこしてちょうどよかったね」と言いあって食べた土肥の海にも、近年はもう行っていない（もしかして、焼きそばのお店がなくなったからかも!?）。あの日、ひとつのお皿から食べた揚げたてのアジフライの味を、一生忘れない。はじめ姉を頼って家出してきてしまった彼をどういうふうに思っていいのかわからないまま、みゆきちゃんと長い間うまくしゃべることができなかった私は、そのとき確かにみゆきちゃんと心を触れ合わせていた。チビのおかげでにこにこして、素直になれた。

気持ちの優しい彼が多分最後まで気にかけていたグッピーたちは、彼が発見されたときお水が半分くらいに減っていたのにがんばって生きていて、姉に引き取られて、今も水槽の中でどんどん増えている。ご冥福をお祈りします。

このあと、「ほぼ日刊イトイ新聞」のお仕事で、またもマジシャンのような飯島奈美さんのアトリエに行き、ものすごい食べっぷりを発揮、食いしんぼうぶりにみがきをかけた私である。飯島さんの「食いしんぼう向け」お料理についても、いつかくわしく書きたい。

そして、「あなたのエッセイを読むといつも食べもののことばっかりで、具合悪くなる。よくそんなに食べるわね」といつも言う食が細い私の母に、イヤミでこの本を捧げます。

お母さん、体が弱かったのに、私をがんばって生んでくれてありがとう。お母さんが命をわけてくれたから、私は今日もこんなにおいしく食べています！

おまけ、ともちゃんと姉の料理レシピ ほか

ともちゃんのレシピ

●ぎょうざ（皮）32個分

強力粉…260g
熱　湯…150cc
打ち粉として小麦粉（薄力粉）…少々

＊皮を作る

1　ボウルにふるった強力粉を入れ、熱湯を注いで、はしなどで手早くかき混ぜる。手で混ぜ一つにまとめていき、体重をかけるようにして耳たぶくらいの柔らかさになるまで4～5分こねる。ぬれぶきんをかけて、常温で1時間以上休ませる。

2　打ち粉をした台に生地をおき、包丁で半分に切る。それぞれを棒状にして包丁で16等分に切り、32個に分ける。切り口を上にして丸く形を整えてから、手のひらで押して平たくする。打ち粉をして生地を左へ少しずつ回しながら、同時に麺棒をころがして、直径8～9cmほどにのばす。

＊包み方

皮の中央にさじで具をのせ、ひだをよせながら口をしっかり押さえて閉じる。

＊焼き方

フライパンにサラダ油少々を熱し、ぎょうざをきっちり並べ、ときどきフライパンを動かしながら、おいしそうな焼き色がつくまで焼く。そこへ湯をぎょうざの高さの1/3くらいまで入れて、ふたをして蒸し焼きにする。水気がなくなったら、焼きおわり。そのままでもおいしいが、酢じょう油、ラー油をつけていただく。

＊手作りの皮はくっつきやすいです。焼く分をのしてすぐに包んで、時間をおかずに焼くのがベストです。

＊私は1回に半分の量、16個分をのして包んで、フッ素樹脂加工の26cmのフライパンに円形に並べて焼いています。半量はラップに包んでおいてタイミングをみてもう1回。

●ぎょうざ（具）32個分

白菜…約700g（1/4カット分）
豚ひき肉…200g

A
- しょうゆ…大さじ1と1/2
- 塩…小さじ1
- 紹興酒（または酒）…大さじ1
- 長ねぎみじん切り…約5cm分
- しょうが汁…少々
- ラード…大さじ1/2

ごま油…大さじ1

＊具の作り方

1　白菜は少し芯が残るくらいにゆでてから、みじん切りにして水気をしぼる。

2　ボウルに豚ひき肉を入れ、Aを加えてしっかりと練り、味をまんべんなくなじませる。次に白菜を入れて混ぜ合わせ、最後にごま油を加えて、全体に大きく混ぜ合わせラップをして冷蔵庫でしばらく休ませる。

姉のレシピ

マンガ家である姉が、夏に行く伊豆の海でよく会うこの！かわいいともちゃんのためにさらさらっと書いたのを無断でのせちゃいます。

◎ すべてがよく混ざったら、塩こしょうで味をととのえ、

もちろん良いヤツ

◎ 24、5ヶ分をめやすに、小判型にまとめる

できれば良いヤツ

薄力粉をまぶして

先にザルなどで
薄力粉をふるっておく

ラップを敷いたお盆などに並べる

余るくらい多めの方が、やりやすい

◎ 卵（できれば良いヤツ）4、5ヶをよ〜く溶いて、どっぷりからめる

◎ パン粉（できれば良いヤツ）2袋用意しといて…（正味1.5袋ほど）まぶし、そのまま30分以上放置

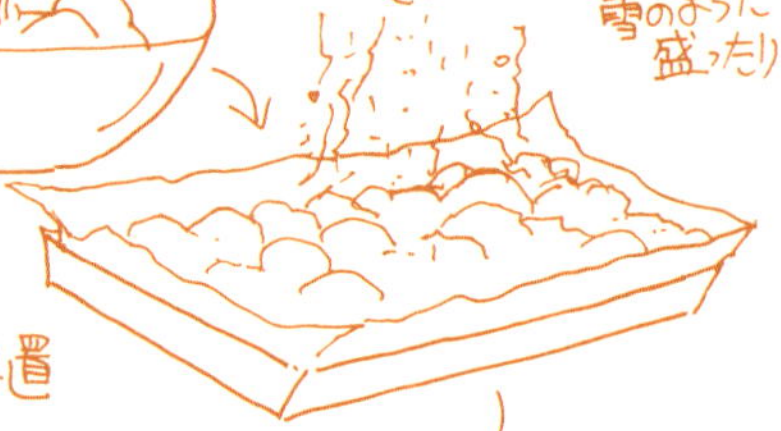
その上に、さらにパン粉を雪のように盛ったりして…

◎ たっぷりのサラダ油（1.5ℓ〜2ℓ）で、揚げる

良いヤツとか、ヘルシーなヤツとか…（今さら考えて、どーする!?）

場合によってはフライパン2つ使用で温度調整

高からず〜低からず〜の温度を火かげんと個数で保ちつつ…

カスも取りつつ、時々裏返し、キツネ色になったら、

油を切ってできあがり!!

◎ コツは、できるだけ良い材料を思いっきりムダにする!!…つまり

（ふだんの食卓、エコ、商売的には、間違っても使えないレシピでした〜!!）

『コロッケ24.5個分』

◎じゃが芋(だんしゃく)(メイクイーン キタアカリは さけよう)中・15ヶ

◎じゃが5ヶづつ 洗ってぬれたまま1ヶづつラップに包んで、
レンジで(出力にもよるけど)
まず4.5分

上下・内外をひっくり返して、
さらに2.3分
とか言いだしたら OK!
×3回

◎その間に、玉ねぎ

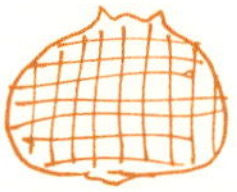

丸1ヶみじん切り

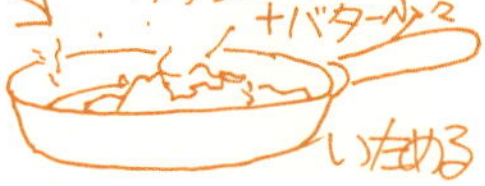

サラダ油、お好みで
+バター少々
いためる

◎良い牛ひき肉+良い豚ひき肉

黒毛和牛とか

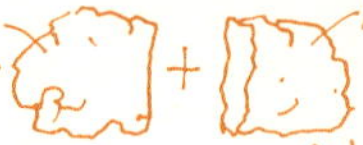

鹿児島産黒豚とか

合わせて120g位

玉ねぎいためつつ寄せといて
この辺で(まずは豚から)ひき肉もいためる
玉ねぎと混ぜて
かるく塩こしょう(なるべく良いヤツで)

◎じゃが5ヶが
やわらかくなったら

でかいボウルで
しゃもじでザックリ割りつつ、アチアチ!と皮をむき、
マッシャーでつぶす(皮が少々残るのも味の内)

ゴロゴロを残したり、
なめらかにしたりは、気分とお好みで!
×3回

5ヶ分やるごとに
そのつど
いため玉ねぎ+ひき肉3等分も混ぜときましょう(いっぺんにだと、ムラが出るし― 力いるし…)

◎そこに生クリーム投入!!(もちろん良いヤツ)
1箱は、やり過ぎなので、7.8分目ほどで

「生クリームは、あんまりだぜ!」という
ヘルシー指向、糖尿、メタボの方は、
牛乳でも可! でも、レンジ加熱は
水分が少ないので、必ず何かでうるおいを!
マヨラ～は、マヨでも別に止めないし…水…?は、どうかな～?

ともちゃんのレシピ

●バナナケーキ（18×8×6cmのパウンドケーキの型2本分）

バター（無塩）…100g

＊バター、卵は室温にもどしておく

砂糖…140g

卵…2個

サワークリーム…100g

A
- **薄力粉…250g**
- **重曹…小さじ1**
- **塩…少々（1つまみ）**

＊Aは合わせて2回ふるう

バナナ…1本（正味100g）

＊バナナは泡立器などで細かくつぶしなめらかにする

ホワイトチョコレート約80g

＊ホワイトチョコレートは1cmくらいの角切り

ラム酒…小さじ1

塗り用ラム酒…大さじ1～2

＊作り方

1　ボウルにバターを入れ、泡立器でクリーム状にする。砂糖を2～3回に分けて加え、白っぽくなるまでよくすり混ぜる。

2　まず卵黄を加えてよく混ぜ合わせ、次に卵白を少しずつ加えてなめらかになるまで混ぜる。

3　サワークリーム、よくつぶしたバナナ、ラム酒を加えて混ぜ合わせる。

4　ゴムべらにもちかえてAの粉類を加え、ボウルの底からすくうようにして混ぜる。粉気がなくなり、生地に少しつやが出るまで混ぜたら、チョコレートを散らし大きく混ぜる。

5　型紙を敷いた型に生地を等分にして入れ、約160℃に温めておいたオーブンで約45分焼く（竹串をさしてみて生地がついてこなければ焼き上がり）。あら熱をとり、型からはずしてはけでラム酒を表面に塗る。

本書は書き下ろしです。

よしもとばなな
1964年、東京都生まれ。小説家。87年、小説「キッチン」で海燕新人文学賞を受賞しデビュー。88年『キッチン』で泉鏡花文学賞、芸術選奨文部大臣新人賞を受賞。小説に『うたかた／サンクチュアリ』（芸術選奨文部大臣新人賞）、『TUGUMI』（山本周五郎賞）、『白河夜船』、『アムリタ』（紫式部文学賞）、『不倫と南米』（ドゥマゴ文学賞）、『体は全部知っている』、『ハゴロモ』、『デッドエンドの思い出』、『王国』、『彼女について』など。エッセイに『なんくるなく、ない』、『人生の旅をゆく』、『Q人生って?』ほか。諸作品は海外30数カ国で翻訳・出版され、イタリアのスカンノ文学賞、フェンディッシメ文学賞（Under 35）マスケラダルジェント賞ほかを受賞し、高い評価と読者を得ている。

ごはんのことばかり100話《わ》とちょっと

二〇〇九年一二月三〇日　第一刷発行

著　者　よしもとばなな

発行者　矢部万紀子
発行所　朝日新聞出版
〒一〇四－八〇一一　東京都中央区築地五－三－二
☎〇三－五五四一－八八三二（編集）
☎〇三－五五四〇－七七九三（販売）
印刷所　大日本印刷

ISBN978-4-02-250657-3
定価はカバーに表示してあります